ユリナ
アッシュ
ケイゴ
JN247813
shousyaman no Isekai survival
商社マンの異世界サバイバル
2
～絶対人とはつるまねえ～

巨大棘皮
動物モンスター、
ジャイアント
アーチン現る！

美味を求めて轟け——
ウルヴァリン
サンダーソード!!

「雪……」
「ユノス……」
二人の声が重なった。
淡く輝く雪を背景に佇み、
空を見上げる彼女は、
まるで純白の羽根を降らせる
天使のように見えた。

shousyaman no isekai survival
商社マンの異世界サバイバル2
〜絶対人とはつるまねえ〜
餡乃雲
ill.布施龍太

イラスト：布施龍太

CONTENTS

プロローグ

shousyaman no isekai survival

「ユノス……」

キラキラと光り、舞《ま》い落ちる天使の羽根が、彼女《かのじょ》の手のひらの上で淡《あわ》く溶《と》けては消えていく。

「ハー」

二人の白い吐息《といき》がフワフワと舞い、まるでダンスを踊《おど》っているかのよう。

彼女が大地となり受け止めてくれるのならば、俺《おれ》は太陽となって彼女を明るく照らし続けよう。何を犠牲《ぎせい》にしたってかまわない。彼女のためなら、なんだって出来る。

——そのとき俺は、本当にそう思ったんだ。

第一章　狩人たちはその果てに

shousyaman no isekai survival

k‐116

マルゴとサラサの結婚式《けっこんしき》が終わり、一夜が明けた。

酔《よ》いつぶれた面々は、鍛冶《かじ》小屋の方で青い顔で横になっている。

俺《おれ》は、いつものように家畜《かちく》の世話をし、ストレッチ。そして鍛錬《たんれん》。

ここのところ、ずいぶんとウインドの威力《いりょく》も上がってきたような気がする。

『個体名：奥田圭吾《おくだけいご》は、ウインドＬｖ３を取得しました』

鍛錬をしていると、アッシュがウーと唸《うな》りだした。アッシュのこの反応は、何らかの敵意がこちらに向けられたときのものだ。俺は周囲を警戒《けいかい》する。

するとﾞ、川の方向からサーペントがウネウネとこちらに近づいてきていた。まずい。今、家には二日酔《ふつかよ》いで倒《たお》れた者しかいない。俺は全身から冷や汗《あせ》が出るのを感じた。

——俺が何とかするしかない。

丁度鍛錬をしていたので装備は整っている。

——戦闘《せんとう》開始だ。

俺は、サーペントに向けシャープシュートを放つが、硬《かた》い鱗《うろこ》にはじかれる。弓を手放し、剣《けん》と盾《たて》に持ち替《か》える。そして、念のため対峙《たいじ》したサーペントを鑑定《かんてい》してみた。

『個体名：奥田圭吾は、鑑定Ｌｖ２を取得しました』

【モンスター：サーペント。蛇《へび》モンスター。スキル：猛毒《もうどく》のブレス。たいていの物であれば溶《と》けてしまう。弱点：自身の猛毒のブレスに対する耐性《たいせい》がないので、魔法《まほう》『ウインド』で猛毒のブレスを撥《は》ね返すことが有効】

この土壇場《どたんば》で、今まで使えなかった鑑定スキルのレベルが上がった。なんとサーペントの弱点を看破することに成功したのである。

するとそこへ、ブルーウルフ二体が颯爽《さっそう》と現れた。サーペントと距離《きょり》をとりながら動き回り翻弄《ほんろう》する。心強い援軍《えんぐん》だ。俺は、注意深くブレスのタイミングを見計らう。

しかし、ブルーウルフたちはそう長くは保《も》たず、サーペントの尻尾《しっぽ》攻撃《こうげき》をくらい、動けなくなる。

こちらへ向き直るサーペント。いよいよ来るか……。

俺は、鎌首《かまくび》をもたげブレスのモーションに入ったサーペントに手をかざす。そして、猛毒のブレスが噴射《ふんしゃ》される。それにタイミングを合わせ……。

「ウインド！」

ブオオオオオ！　キシャアアアアア！

逆流する猛毒のブレス。自分の猛毒のブレスをまともにくらい、サーペントの硬い皮膚《ひふ》が焼け爛《ただ》れ、動きが止まる。すかさず俺は、サーペントに近づく。そして、少し高いところにある頭部に足技《あしわざ》用に改良した鉄靴《てつぐつ》による後方宙返り蹴《け》り技、『ムーンサルトキック』を放った。

ドカッ！

サーペントの頭がつぶれた。そして俺は、ウネウネしていたサーペントに剣を突《つ》き立ててとどめを刺《さ》した。

『個体名：奥田圭吾は、Ｌｖ15になりました。体力31↓34、魔力21↓24、気力25↓28、力36↓38、知能79↓80、器用さ35↓38、素早《すばや》さ35↓37。ムーンサルトキックＬｖ３を取得しました』

俺は、ステータスやスキルの表示を、サラサから購入《こうにゅう》した紙に念のため書き写した。

俺は急いでブルーウルフに駆《か》け寄り、イレーヌ薬草の体力ポーションを飲ませ怪我《けが》の治療《ちりょう》を行った。いつも助けてくれてありがとうな。

——幸運にも俺は、強敵であるサーペントを討伐《とうばつ》することに成功した。

一一：〇〇

俺は、ムレーヌ解毒草《げどくそう》のスープとパンを用意し、鍛冶小屋で死屍累々《しするいるい》と横たわる皆《みな》に出してあげた。回復した面々は俺が倒したサーペントを見るなり、口をあんぐりと開けて驚《おどろ》いていた。

一二：〇〇

貴族様ご一行は町へと帰っていった。俺とジュノもサーペントを荷馬車に載《の》せて、町へ向かうことにした。

一三：〇〇

ジュノをエルザの宿屋で降ろすと、エルザが出迎《でむか》えてくれた。荷台のサーペントに驚いていた。俺はその足で、冒険者《ぼうけんしゃ》ギルドへと向かい、ダンにサーペントの討伐報告をした。ダンも口をあんぐりと開けて驚いていた。討伐報酬《ほうしゅう》として、金貨九枚とギルドポイントを84ポイント得た。

現在、カード上のギルドポイント表示は169となっている。そろそろ、次のスキルを考えるときだろうか？　俺は解体屋にサーペントを預け、ダンとスキルの相談をすることにした。

k - 117

俺は、ダンにスキルの相談をする前に、そもそもサーペントが再度、俺の家を襲《おそ》ってきたことに対して危機感を抱《いだ》いていた。ダンジョンオーバーフローがまた始まっているのではないのかと。俺がたまたま討伐できたから良かったものの、町で毒のブレスをばらまこうものなら大惨事《だいさんじ》になることは間違《まちが》いないだろう。

俺はサーペントに対する討伐報奨《ほうしょう》として金貨三〇枚をダンに預けた。一匹《ぴき》当たりに対する割り当ては、ダンに一任することにした。

次にスキルに関する相談だ。

まず第一に、このままポイントを貯《た》め、風魔法のより上位のスキルを取得すること。このまま修《しゅ》業《ぎょう》と討伐を続けて、前に見た魔法使いのような竜巻《たつまき》魔法を覚えることができるかもしれない。

第二に物理攻撃、防御《ぼうぎょ》スキルをのばす。第二スキルは100ポイント、第三スキルは500ポイントとなるそうだ。第二スキルは現状で手が届く。

第三に他の基礎《きそ》魔法を覚える。150ポイントで取得可能だ。かつ基礎魔法のレベルが、そのまま同系統上位魔法の取得条件になっている。そして、ウインドがサーペント対策になったように、基礎魔法も場合によっては使える可能性がある。

俺は、悩《なや》んだ末、基礎魔法のうち、光系統の魔法を取得することにした。

俺はダンにその旨《むね》を伝え、ギルドカードを水晶《すいしょう》にかざすと、ギルドポイントの表示が19ポイントになった。

一五：〇〇
そして俺は、道場に案内された。そこには、杖《つえ》をついたハン先生が椅子《いす》に座《すわ》り俺を待っていた。俺はランカスタ語で「ヨロシク」と挨拶《あいさつ》すると、ハン先生はニヤリと不敵な笑《え》みを返してきた。そして、ハン先生の修業が始まった。
「×△！」
ハン先生が短く呪文《じゅもん》を唱えると、光の玉が木の的に一直線に飛んでいきヒット。辺り一面に光が溢《あふ》れた。これが、光系統の基礎魔法か。

ハン先生がやってみろと言うので、ランカスタ語の短い呪文を何度も反復して覚え、先ほどの光球のイメージを頭に浮《う》かべる。そして、魔力の流れを意識する。

……

二時間ほど練習したところで、ようやく俺の手から光の玉が出た。ヒョロヒョロと的の方に飛んでいき、到達《とうたつ》する前にはじけて消えた。まるでシャボン玉か何かのようだ。

『個体名：奥田圭吾は、ライトＬｖ１を取得しました』

ハン先生は杖で床《ゆか》をトントンと叩《たた》きつつ、ランカスタ語で「オメデトウ」と言ってくれた。俺は「アリガトウ」と返し、道場を後にした。

k-118

一八：〇〇

冒険者ギルドを出た俺は、解体屋に寄った。丁度サーペントの解体が完了《かんりよう》したところだった。サーペントは鱗、肉、牙《きば》、毒腺《せん》に分けられていた。鱗はスケイルメイルなど防具の素材としてかなりの需要《じゆよう》があるらしい。マルゴの店に寄って直接売ることにしよう。
肉は美味《うま》いのかもしれないけど、俺はちょっとノーサンキューかな。解体屋に、サーペントの肉を金貨八枚で売却《ばいきやく》した。なぜ、こんなに高い金額がするのか俺にはわからなかったが、あのウネウネとした気持ちの悪い姿を見ているだけに、食べる気には全くなれない。牙、毒腺は何かに使えるかもしれないので、受け取っておいた。

一九：〇〇
マルゴの武器防具店のドアを開けると、マルゴとサラサが濃厚《のうこう》なキスをしていた。キスに夢中で、俺には全く気がつかない様子だ。お熱いことで。

——俺は、思わず開いたドアをパタンと閉めた。

さ、アッシュ。邪魔者《じやまもの》は帰ろうな。死んだ魚のような目になった俺をアッシュが見上げて、もの悲しげに「クーン」と鳴いた。俺の癒《い》やしはお前だけだよ、アッシュ……。
アッシュの可愛《かわい》さに癒やされていると、マルゴがあわてて頭をかきながらドアを開けてきた。
俺は、サーペントの鱗を中に運び入れる。そして、サラサの出してくれた紙に『サーペントの鱗』と書いてから、指をくるくると回し、取引のジェスチャーをした。すると、サラサの目が一瞬《いつしゆん》にして商人のそれになった。マルゴと何やら言い争っている様子だ。夫婦《ふうふ》なのだから、別に争わないでも良いだろうに。

俺は、せっかくお熱いところに水を差すのも嫌《いや》だったので、金はとらずにサーペントの鱗を二人にプレゼントすることにした。紙にやはり「結婚祝《けっこんいわ》いだ」と書いて二人に見せた。はい。これにて、一件落着。

マルゴに「飲んでいかないか？」と誘《さそ》われたが、今二人は蜜月《みつげつ》。新婚《しんこん》夫婦の邪魔《じゃま》をするほど、俺は野暮《やぼ》ではない。「カエル」とランカスタ語で伝えた。

サラサがせめてもと、結婚式の時に出してくれた高級蒸留酒をもっていって頂戴《ちょうだい》と言ってくれた。サーペントの鱗の価値が如何《いか》ほどのものかは不明だが、俺は、ありがたく頂戴することにした。

二〇：〇〇
鍛冶小屋にサーペントの牙と毒腺を収納した。これらの実験は、また今度にしよう。毒を舐《な》める元気はない。今日は色々と疲《つか》れた。

俺は、シカの干し肉と野菜で簡単な炒《いた》め物を作った。炒め物を酒の肴《さかな》に、サラサから頂いた高級蒸留酒をチビチビとやりながら、焚《た》き火にあたる。

俺は、ふうと息をつく。

「疲れたな……」

人間、一息ついたところで、自分が疲れていることに気がつくものだ。

高級蒸留酒が五臓六腑《ろっぷ》に染《し》み渡《わた》る。パチパチと焚き火がはぜる音、虫の音。久しぶりの静かな夜だ。

——俺はしばらくボーっとした。

良い感じに酔えてきたので、眠《ねむ》ることにした。体を濡《ぬ》れタオルでふき、ついでにアッシュもふいてやった。歯もしっかりと磨《みが》く。

布団《ふとん》に入り、ホッと一息つく。アッシュは早くも、スピースピーと足元で寝息《ねいき》を立てている。

そうして、ランタンから魔核《まかく》を抜《ぬ》き取り、明かりを落とした俺は、いつの間にか布団の中で、意識を手放していた。

ジュノ7

——俺は、人付き合いの苦手なケイゴのために、一肌脱《ひとはだぬ》ぐことにした。

俺の頭の中では一つのとある計画が練られていた。

それは、彼女《かのじょ》のいないケイゴをレスタの町の歓楽街《かんらくがい》へと連れて行くことだった。

あいつは、無理矢理《むりやり》にでもそういうところに連れ出さないと、女などできやしないだろう。

俺はこのことをマルゴに相談した。

「俺には可愛いサラサがいるからな……。しかし、親友のためというのなら仕方がない」

俺はマルゴと綿密な計画を練ることにした。

この件について、下心のあるなしは関係ない。『彼女がいながら、歓楽街に行った』という事実がサラサやエルザに伝われば、確実に激怒《げきど》するだろう。だから、この計画は秘密裏《ひみつり》に履行《りこう》しなければならない。

——計画はこうだ。

エルザとサラサには、男三人で話したいことがあるからケイゴの家で飲むと話す。そして、馬車をケイゴの家に走らせケイゴを乗せたあと、歓楽街へと引き返す。

宿泊《しゆくはく》はマルゴの家でする。マルゴの家に朝までいて、ケイゴの家から戻《もど》ってきたと見せかける。

ケイゴに話の合う、仲の良い女ができれば、この作戦は成功だ。

——ケイゴのためだ。

マルゴと腕《うで》をガシッと交差させた。俺たちは作戦の成功を確信した。

……

さっそく俺は、ケイゴの家に馬を走らせた。

ケイゴの家に到着《とうちゃく》すると、ケイゴは「パカーン」と良い音を出して薪割《まきわ》りをしていた。

——全く無欲なヤツだな。

俺はより一層、ケイゴは歓楽街にでも連れ出さなければ駄目《だめ》だと思った。

俺はケイゴに近寄り、『ボン！　キュッ！　ボン！』、『飲む』のジェスチャーで伝えた。何か他《ほか》に良い伝え方はないものかと思ったのだが、我ながらアホなジェスチャーだと思う。

ケイゴは首をかしげつつ、「店で飲むの？」とジェスチャーで聞いてきたので、俺は「そうだ」と伝えた。そうすると、ケイゴは「了解《りょうかい》した」とランカスタ語で返事をした。そして、「夜迎《むか》えに来る」とケイゴに伝えた。

k-119

翌朝、昨晩飲んだサラサからもらった酒の質が良かったおかげか、気持ちよく目覚めることができた。

俺は、冷たい水でパシャパシャと顔を洗った後、ハーブティーを淹《い》れ一息つく。鶏《にわとり》や馬の世話をしてから鍛錬を行う。今日からライトの魔法も鍛錬に取り入れていく。俺は、使いながら威力が上がれば、目つぶしに使えそうだなと思った。

朝食は牛の干し肉を使った目玉焼きにパン。飲み物はハーブティーを淹れなおす。

アッシュにも牛の干し肉をやる。

午前中は畑仕事と薪割りをして過ごす。

……

薪割りをしていると、ジュノが馬に乗ってやってきた。

何やらジェスチャーで『女』、『飲む』と表現してきた。クラブかスナックのようなところに誘われているのだろうか？　俺は「了解した」と返事をする。クラブやスナックには、ビジネスではよく行っていたし、プライベートでも、仕事で煮詰《につ》まったときに、行きつけのクラブで静かに飲んで、考えごとをするということはよくあった。

飲食店に、アッシュは連れて行けないな。一人で小屋に置いていくのも可哀想《かわいそう》だし、どうしたものかと考えていると、ジュノは「夜迎えに来る」とだけ紙に書いて俺に手渡《てわた》し、町へと帰っていった。

――全く。なんだというのだ。

俺は薪割りを終わらせ、昼食を食べたあと、ファイアダガーとウォーターダガーの製作に没頭《ぼっとう》することにした。

一七：〇〇

マルゴとジュノが馬車でやってきた。俺は製作した数本のファイアダガーとウォーターダガーを荷台に積み込《こ》み、マルゴへの納品を済ませる。鶏とロシナンテ（馬）はお留守番《るすばん》なので、エサと水の補充《ほじゅう》をしておく。アッシュを抱《だ》っこして荷台に乗り込み、町へと出発する。

一七：三〇

まだ飲み屋さんの開店まで少し時間があるとのことで、マルゴの店で飲むことになった。俺は三〇分ほどで戻ると言って、アッシュと一緒《いっしょ》にマルゴの店を出た。アッシュをサラサに預かってもらうためだ。

……

サラサは暇《ひま》なのか、店のテーブルで暇そうに頬杖《ほおづえ》をついていた。俺を見るなり怪訝《けげん》そうな表情をしたが、アッシュがサラサの元へふっとんでいったので、良い笑顔になった。

俺はサラサにマルゴたちと飲みに行くと、ジュノがしたものと同じジェスチャーで伝え、その間アッシュを預かってもらうように頼《たの》んだ。

「アッシュ、良い子にしているんだぞ」

俺は、サラサに抱かれたアッシュの頭をナデナデして別れを惜《お》しむ。

――何故《なぜ》だろうか。サラサは笑顔なのだが、目が全く笑っていなかった。

一八：三〇
再びマルゴの店に行く。マルゴとジュノは、既《すで》に酒を飲んで出来上がっていた。どうやら、もう飲み屋の開店の時間らしく、だいぶ待たせてしまったらしい。
異世界の飲み屋か……。静かに飲めて話せる場所だと良いな。色々な酒が飲めそうで、少し楽しみだ。俺はまるで、外国旅行で異国情緒《じょうちょ》溢れる飲み屋に足を踏《ふ》み入れるような、ちょっとした高揚《こうよう》感《かん》を覚えずにはいられなかった。
そして俺たちは三人で肩《かた》を並べて、飲み屋へと歩き出した。

k-120

俺、マルゴ、ジュノの三人は、落ち着いた、それでいて、どこか華《はな》やかな雰囲気《ふんいき》のする店に入ることにした。

綺麗《きれい》なお姉さんが出迎えてくれた。ボーイさんはいないようだ。

さてカウンターかな？　それともボックス席だろうか？　俺が一人で来た場合は、カウンターの端《はし》っこに座り、静かに飲みたいところではある。今日は三人なので、俺たち三人が並んで座り、女性がもてなすというのが普通《ふつう》だろう。

しかし、なぜか三人バラバラに案内された。マルゴとジュノは俺に「頑張《がんば》れよ」とジェスチャーで言ってきた。俺は、「？」と首をかしげた。

最後に案内された俺は、少し広めのボックス席に座った。俺についてくれた女性は、銀色の髪《かみ》が艶《つや》やかで。泣きぼくろが似合う、どこかおっとりした感じの、細身でグラマラスな美人さんだった。

俺は、「コンニチハ。ヨロシク」と、たどたどしいランカスタ語で挨拶し、筆談用の紙の束を取り出した。彼女はユリナさんという名前だそうだ。ユリナさんはテーブルにお酒を置くと、俺の隣《となり》に座った。

そういえば、公認会計士をやっている大学時代の友人が、フィリピンに語学留学をした際、パブの女の子と話すために必死になって英語を覚えたと話していた。語学学校よりも、よほど勉強にな

ったとも言っていた。俺もこういう場所に通えば、ランカスタ語が上達するかもしれない。

ふと、俺はマルゴとジュノはどうしているかなと周りを見渡《みわた》した。

ジュノは俺と同じように、普通に飲んでいるだけだが、マルゴが……。あまりハメを外しすぎると、サラサに怒《おこ》られると思うぞ……。そりゃ、美人がもてなしてくれれば、楽しくなるのは解《わか》るけどさ。

俺は、隣でお酒をついでくれているユリナさんとの会話に集中することにした。上の空で、周りばかり見ていては失礼だしな。

俺は蒸留酒をストレートであおる。喉《のど》が焼ける感覚が、非常に良い。

「君のことを教えて？」

俺は拙《つたな》いランカスタ語とジェスチャーで伝える。どうしても伝わらなかったり、理解できない言葉は筆談でコミュニケーションをとる。俺は、ユリナさんと楽しくお酒を飲んで、沢山《たくさん》お話をすることにした。

俺がランカスタ語の話せない異国人と知った彼女は、ランカスタでは有名な、吟遊詩人《ぎんゆうしじん》がリュート片手によくネタにする伝承話をしてくれた。


……

西の峻険《しゅんけん》な山脈のどこかに樹齢《じゅれい》一万年を超《こ》える神樹があり、その根元に『イリューネ草』と呼ばれる、銀色に光り輝《かがや》く花が自生している。その神樹は恐《おそ》ろしい魔獣《まじゅう》たちに守られている。その花の蜜《みつ》が万病に効くという言い伝えがある。

万能薬《ばんのうやく》はイリューネ草の花の蜜、イレーヌ薬草、ムレーヌ解毒草、神樹を守護する神獣《しんじゅう》の毛が必要だと伝承では語られている。

……

俺は、今聞いたばかりの伝承話を紙束にメモすることにした。

――語学を学びたいなら、異国の飲み屋で女を口説くのが一番手っ取り早い。

公認会計士である友人の言っていたことは本当かもしれないと思うと同時に、俺はまたユリナさんとお話をしに来ようと思った。

良い感じに出来上がった俺、マルゴ、ジュノは一緒に店を出た。

k-121

女性たちにもてなされ、店先で別れを告げた俺たち三人は、マルゴの店に向かって歩き出した。

マルゴとジュノが俺にサムズアップをしてきた。そっか、二人は俺のために、飲み屋に誘ってくれたのか。一人では絶対にこのような場所に来ないであろう俺は、ユリナさんと引き合わせてくれた二人に感謝した。

不意に……。突然《とつぜん》アッシュが俺にとびついてきた。あー、よしよし。アッシュは世界一可愛いな。俺は、アッシュを抱き上げモフモフした。

ん……？　あれ？　なんでアッシュがここにいるんだ？

それと同時に、嫌な汗がドッと出る。目線を路上に向けると、そこにはサラサとエルザが、不気味なほど静かに佇《たたず》んでいた。

——さ、アッシュ。俺たちは帰ろうか。帰ってネンネしような。

しかし、それは許されなかった。そういえば、飲み屋に行くと言って、サラサにアッシュを預けたな。その時点で、バレていたのだろう。

うかつなことをしてしまった……。

それから俺、マルゴ、ジュノの三人はマルゴの店へと連れて行かれた。

……

――サラサとエルザの前で、正座する俺たち男三人。

大の大人が正座……。悲しいことこの上ない。

アッシュがもの悲しげに「クーン」と鳴く。

沈黙《ちんもく》を保っていたサラサの釣《つ》りあがった目が俺の方を向く。

「○×▽、◆○×?」

疑問形の強い口調だった……。

きっと、第三者である俺の証言を求めているに違いない。しかし、俺は黙秘権《もくひけん》を行使することにした。首をブンブンと振《ふ》る。

それから、恥《はじ》も外聞も投げ捨てて、正座の姿勢から頭を床にこすり付けて謝《あやま》るマルゴとジュノ。

それを見たサラサとエルザの表情が少しだけ和《やわ》らいだ。

――しかし、ほっとしたのは束《つか》の間、事件は起きた。

アッシュが、何かオモチャを見つけたときの、イタズラっ子の目つきになった。

そして、マルゴの上着から垂れているヒモをグイグイと引っ張って、何かの物体をサラサの元へと持っていったのである。

俺は、その物体を凝視《ぎょうし》する。そして、ようやくその物体の正体に気が付いた。

——その瞬間、全世界が凍《こお》りついた……ような気がした。

それは、女性用胸部下着。いや漢字に変換《へんかん》したところで、一ミクロンも許してもらえる要素にはならない。ここはストレートに言って謝った方が、許してもらえる芽が少しはあるかもしれない。

——それは、ブラジャーだった。

サラサはまるで汚物《おぶつ》を扱《あつか》うかのように、アッシュから物証を取り上げると、不自然なまでの極上《ごくじょう》の笑顔になった。サラサがマジギレしているのは、明らかだ。正直言ってめっちゃ怖《こわ》い。サラサは、アッシュの頭をヨシヨシとなでてから抱き上げ、俺に渡してきた。そして、帰ってよしのジェスチャー。

急速に青い顔色になっていくマルゴ。ジュノもエルザの疑惑《ぎわく》の視線を受け、真っ青になっている。ここで、俺にできることは何もないだろう。サラサとエルザの二人には謝り倒すしかない。俺はマルゴの店から立ち去ることにした。

俺に抱っこされたアッシュが、嬉《うれ》しそうに尻尾をフリフリしていた。

アッシュ5

僕《ぼく》はアッシュ！　ご主人さまの相棒さ！

サラサおねえちゃんが、ヒラヒラのお洋服を着ていたんだ。ご主人さまにダメって言われたから、飛びつきたいのを一生懸命《いっしょうけんめい》我慢《がまん》したんだよ！

ご主人さまがお歌を歌っているとき、サラサおねえちゃんが泣いていたけど、なんで？

でもサラサおねえちゃんは泣いているのに、うれしそうだったんだ！


ご主人さまに、サラサおねえちゃんと一緒にお留守番してるんだよ、って言われたよ。やだよ！　さびしいよ！

でもサラサおねえちゃんに抱っこされたら、さびしくなくなったよ。

あれ？　おねえちゃん痛いよ！　腕に力が入っているよ！　締《し》まってる！

ご主人さまがいなくなった後、サラサおねえちゃんはうつむいて、何かブツブツ言っていたよ。

その後、僕はサラサおねえちゃんと一緒にエルザおねえちゃんのところに行ったんだ。ミルクだ！

わーい。

エルザおねえちゃんも、うつむいて、何かブツブツ言っていたよ。

ご主人さまのお迎えだって！

僕はご主人さまに飛びついたよ。良い匂《にお》いがする！

あれれ？　サラサおねえちゃんとエルザおねえちゃんに、ご主人さまたちが怒られているよ。

食べたらダメなご馳走《ちそう》でも、食べたのかな？　ケンカはダメなの！

あ！　マルゴおじちゃんのお洋服から何かブラブラしているよ！　気になるよ！

そうだ、良いことを思いついた！　僕がマルゴおじちゃんのブラブラを引っ張ってケンカを止めるの！

僕は、マルゴおじちゃんのポッケから出ているブラブラを引っ張って、サラサおねえちゃんのところにもっていったんだ！　そしたらサラサおねえちゃんに、いっぱいほめられちゃった！　えへへ。これで、みんな仲良しだね！


僕はアッシュ！　ご主人さまの相棒さ！

マルゴ9

俺はマルゴ。最近、新しい妻を娶《めと》った。

サラサという女だ。激しい炎《ほのお》を彷彿《ほうふつ》させるような美しさ、気性《きしょう》の激しいところも好きだ。親友だったのが、恋人《こいびと》になり、いつしか求婚《きゅうこん》していた。

……

俺にはケイゴという親友がいる。こいつが、本当に仙人《せんにん》か！　というくらい達観した奴《やつ》で、俺が無理にでも女のいる場所に連れて行かないと、彼女など一生できないだろう。何せ超《ちょう》がつくほどの人間嫌《ぎら》いで、安全な町に住むのを拒《こば》むような男だからな。

そこで、俺とジュノは一計を案じた。

……

『アッシュのブラジャー事件』の直後。アッシュを抱っこして、真っ青な顔をして店の外に出るケイゴ。しかし、俺にはケイゴを気にかける余裕《よゆう》などない。

「なにこれ……」

ローソクのような顔色になり、うつむいて何かの呪文を唱えるかのように、ブツブツ言うサラサ。下らない下心でサラサに悲しい想《おも》いをさせてしまった。最低だ。素直《すなお》に謝ろう……。

「ケイゴはあの性格だ。あいつに彼女を作らせることが目的で飲み屋に連れて行った。スマン、酔って下心が出てしまった。だから俺を殴《なぐ》ってくれ。それで許してくれ。もう二度と浮気《うわき》はしない」

俺は土下座して、そう言った。こうなったらもう、謝り倒すしかない。

メラメラと、炎のように瞳《ひとみ》が燃えるサラサ。

バキッ！

そしてサラサは大きく振りかぶり、俺を思い切り殴った。俺は顔を腫《は》らしながら、再びその場に土下座した。

「すまなかった！」

「本当に次はないから。覚えておいてね」

良かった。今回だけは、何とか許されたようだ。絶対に、もう浮気はしない。俺は、心からそう誓《ちか》った。

k‐122

時刻は真夜中。修羅《しゅら》の国を脱出《だっしゅつ》し無事生還《せいかん》した俺は、ムレーヌ解毒草と干し肉でスープを作る。

パチパチと爆《は》ぜる焚き火をボーっと見ながら、物思いに耽《ふけ》る。

――男はなぜ、おっぱいにあんなにも心惹《ひ》かれるのかと。


異世界でも、それは同じだった。もはや、ＤＮＡレベルの問題なのかもしれない。

この世に生を受けたとき、まず目にするのは母親のおっぱいである。おっぱいは母性、心の安寧《あんねい》の象徴《しょうちょう》だ。

おっぱいには様々な姿、形があり、一つとして同じものはない。おっぱいを追い求めるとき、修羅の国が待っているとわかっていても、男たちはおっぱいの狩人《かりゆうど》と成り果てる。

男が様々な形のおっぱいを追い求め続けるのは、母親の影《かげ》を追い求めているのに過ぎないと俺は結論づける。おっぱいを目の前にしたマルゴが、シカゴ・ブルズの牛のような目になっていたのは本能的、根源的欲求なのだから仕方ないことなのである。

これは極《きわ》めて重要な哲学《てつがく》的見地なので、紙にメモをする。

一瞬、今なおローソクのような顔色で正座を続けるであろう友人たちの前に立ちはだかり、俺のたどり着いた哲学的見地を述べようかと思ったが、寒気がしたので止《や》めておいた。俺はそこまで命知らずではない。奥田首席弁護人は、戦略的撤退《てったい》を行うことを決定した。


――男と女は永遠に解り合えない生き物だ。

この命題についてもＤＮＡレベルで思考回路が違うのだから、絶対に互《たが》いに理解などできないと結論付けることができる。もう少し、わかりやすく紐解《ひもと》いてみよう。

男にとってのおっぱいと、女にとってのおっぱいは決定的に意味合いが異なる。マルゴの衣服からブラジャーが出てきても、男の俺はまあそれは仕方ないよな、と寛容《かんよう》になれる。それは本能的、根源的欲求であることを、俺が理解していることの証左に他ならない。

しかし、サラサにとってはどうだろうか。彼女にはそのような本能的、根源的欲求はないのだから、俺のように寛容にはなれない。

おっぱいを巡《めぐ》る男と女の認識《にんしき》の隔《へだ》たりは、気の遠くなるような天の川の如《ごと》き距離があると思う。むしろ織姫《おりひめ》と彦星《ひこぼし》を隔たせる天の川は、おっぱいを巡る男女の認識の相違そのものなのだ。

俺はキラキラと輝く満天の星を見上げ、異世界の天の川を探しながら、宇宙の神秘に思いを馳《は》せる。生命の神秘について考えていると、星空の配置がおっぱいに見えてくるから不思議だ。

そうか！　偉大《いだい》なる先人たちはこうして星の配置を覚えていったのだ。俺は今浮かんだ星座の配置を『おっぱい座』と名付け、忘れないように紙に星の配置と名前をメモする。

——俺は、友人たちの無事の帰還《きかん》を星空に祈《いの》った。

焚き火にかけた鍋《なべ》のスープが、丁度良い頃合《ころあ》いだ。ズズっとスープをすすると、体の芯《しん》から温まった。

それから俺は、既に布団の上で丸まっているアッシュを抱き、布団に入る。ランタンの明かりを消して目をつぶった俺は、いつの間にか意識を手放していた。

第二章　恋煩い

shousyaman no isekai survival

k - 123

翌朝目が覚めて、昨日はつくづくアホなことを考えていたなと思い直す。

女とは不思議な生き物で、「体が目的だ」と言うと怒《おこ》り、「体に興味はない」と言うとそれはそれで怒る。サラサとエルザの前で『おっぱい』なる単語を連呼し、哲学《てつがく》を語るなど火に油を注ぐようなもの。論外であるし、きっと軽蔑《けいべつ》されて終わりだ。

俺《おれ》は昨日の修羅場《しゅらば》を思い出し、再び背筋が寒くなった。

要は言い方の問題なのだ。「君の見事なプロポーションが好きだ」「君の性格が好きだ」と言えば、全く同じことを言っているのに、立派な口説き文句となり得るし、きっと怒らない。

『異国の女を口説くのが、語学習得の早道』と言われる理由は、この辺りにあるのかもしれない。微《び》妙《みょう》な言葉のニュアンスの違《ちが》いが、結果を大きく左右するのだと思う。

そんなどうでも良い、下らないことを考えていると、エサをよこせの三重奏が聞こえてきた。俺は、冷たい水でパシャパシャと顔を洗った後、彼《かれ》らの世話をした。

ずいぶんと、朝が寒くなってきたように感じる。

そういえば、この世界の四季はどうなっているのだろうか。冬が来る可能性があるので、念のため、暖をとるための薪《まき》の備蓄《びちく》を増やそう。あとは居間兼寝所《けんしんじょ》に暖炉《だんろ》を備え付けることが必要だ。マルゴに相談しなくては。


……


俺は朝食を適当に済ませた後、午前いっぱいを使って薪割《まきわ》りに精を出した。

パカーンという音が気持ち良い。無心になれるこの作業が好きだ。

しかし、無心になれるはずの薪割り作業が、ユリナさんの甘《あま》い匂《にお》いや心地《ここち》の好《よ》い声色《こわいろ》が頭の中で生々《なまなま》しく再現され、全く集中できなかった。

——でも、この気持ちもきっと一過性のものなのだろうな。

恋《こい》が長続きしたことがない俺は、冷静にそう分析《ぶんせき》する。過去、飲み屋に一人で通ったのも、美人を口説くためというよりは、話していて楽なお店を選択《せんたく》していただけのような気がする。お互《たが》い割り切っている関係にすぎないのだが、どこかで、お互いがお互いを思いやる関係が心地好かった。

そうだな、しばらくあのお店に通ってみよう。こちらの言葉を習得するためだしな、と俺はユリナさんに会う口実をでっちあげる。自分で自分をつくづく面倒《めんどう》くさい男だなと思う。大人になればなるほど、自分の行動に理由が必要になる。子供のままでいられたら、どんなに楽かと思う。

そして、お店の開店時間が迫《せま》るにつれて、そわそわしている自分に、ほんのちょっぴりだけ嫌悪《けんお》感《かん》を覚える。

――どこにでもいそうな、矮小《わいしょう》な男の姿がそこにはあった。

k‐124

その日の夜、結局俺はユリナさんのお店に来ていた。彼女《かのじょ》と話していると、とても落ち着く。お酒もここでしか飲めないラインナップがある。来ない理由が無い。

俺は、席に座《すわ》る前に、お土産《みやげ》のハーブ鶏《どり》の燻製《くんせい》卵を彼女に手渡《てわた》した。

ここに来る途中《とちゅう》マルゴの様子を見てきたが、修羅場は何とか切り抜《ぬ》けられたようだった。よかった……。アッシュはマルゴの店に預けてきた。

蒸留酒はストレートか水割りの他《ほか》、ロックもできた。ロックに使う氷は恐《おそ》らく魔法《まほう》か何かで作ったものだと思われる。冷凍庫《れいとうこ》など、この世界にあるとは思えない。またユリナさんは、お土産にもってきた燻製卵を切り分けて、酒の肴《さかな》にしてくれた。それを口にしたユリナさんが、驚《おどろ》いた顔をしていた。

ユリナさんは、見た目は若いが、精神年齢《ねんれい》的な意味で大人の女性だ。俺が求めていることを察してくれる。

俺は、心に壁《かべ》を作るタイプだ。心を許した相手以外とは肉体関係など持ちたくない、と考えてしまう人間だ。不用意に近づいて、相手を傷つけ、それを見た自分が傷つくという経験を嫌《いや》というほどしてきた。大人になればなるほど、無防備な恋愛《れんあい》はできなくなるものだと思う。

ユリナさんは、そんな俺の心の内を一発で見抜《みぬ》いたのだろう、一生懸命《いっしょうけんめい》、俺を会話とお酒で楽しませてくれようとする。

いつも思うことだが、本当にこの手のことで女には勝てる気がしない。

俺も彼女のことが知りたくて、色々と彼女の話を聞いた。彼女の言葉を通じて、この町のこと、この世界のことに興味を持つきっかけとなった。今飲んでいる蒸留酒は、どこでどうやって造っているのか。この世界には他にも町はあるのか。

——俺は、目の前の景色が鮮《あざ》やかに彩《いろど》られていく感覚を覚えた。

なぜ月が蒼《あお》いのかについても、質問してみた。しかし彼女にとっては、月は蒼いという認識《にんしき》でしかなかった。それが当たり前なのだろう。それらの情報は全《すべ》て、紙にメモしていった。彼女のおかげで、まるで興味の無かったボンヤリとしたこの世界が、急にカラフルに色づいていった。

彼女からプレゼント交換《こうかん》の申し出をされた。俺は、「君のことが知りたいから、君の一番好きなものをください」と答えた。「逆に俺も、自分の一番好きなものをプレゼントします」と彼女に伝えた。次来るまでに、プレゼントを用意しておかないといけない。

——いつの間にか彼女との時間は、俺にとってとても心地の好いものになっていた。

k-125

ユリナさんの店を後にした俺は、さっそくマルゴに居間兼寝所への暖炉の設置を依頼《いらい》した。ユリナさんから聞いた情報によると、この辺り一帯は、どうやらダイヤモンドダストが見られるくらいに冷え込《こ》むそうだ。北海道レベルの寒さを覚悟《かくご》しておくべきだろう。北海道並みに冷え込むとなると、暖炉なしの生活は厳しい。

マルゴへ金貨を支払《しはら》い、依頼を済ませた俺は、ユリナさんとの約束を果たすために、サラサからプレゼントのためのとある材料を仕入れ、帰路についた。

マルゴとサラサの間は、本当にもう大丈夫《だいじょうぶ》のようだ。よかった。

マルゴは引きこもりがちな俺に、「少しは外を見てみろよ」と、あの店に連れて行ってくれたのだ。

そして事実、俺はユリナさんを通して、外の世界に興味を持つことができた。

サラサも特段、俺がユリナさんに会いに行くのをとがめる様子もない。むしろ、生温かい目で見てくれている気もする。

エルザとジュノの関係も、何とか一件落着したらしい。

二人とも、俺のために計画してくれたことには間違いない。きっとそれを、サラサとエルザは理解してくれたのだと思う。

二三：〇〇
家に着いた俺は、鶏小屋《とりごや》の中、木の板に紙を広げ、カンテラの明かりで書き物をすることにした。

テーブルの左側には、日頃《ひごろ》書き綴《つづ》った手記。植物やモンスターの鑑定《かんてい》結果や特徴《とくちょう》を記した絵。この世界で収集した様々な情報。伝承記録。星の配置観察。料理について。貴族から目をつけられそうなレシピの類《たぐい》は除外。それらをランカスタ語の部分だけ抜粋《ばっすい》し、スラスラと紙に模写していった。

彼女にプレゼントする、俺の一番好きなものは『本』だった。女性に対するプレゼントが、自作の本なんてセンスがないと思われるかもしれないが、これが俺の一番好きなものなんだ。

そういえば、前に自分の一番好きなものをプレゼントした彼女から「安すぎる」と文句を言われ、一気に冷めたことがあったなと苦笑《くしょう》する。俺が好きなものに興味があるわけじゃなくて、プレゼントの値段を気にする。それはつまり、「ああ、この女は俺に興味があるわけじゃないんだな」と思ってしまったのだ。

ユリナさんがどういう反応を示すか、少し心配だが、女性受けしそうな高価なプレゼントで機嫌《きげん》をとってまで仲良くなろうとは思わない。それはプレゼントに興味があるのであって、俺に興味があるわけではないからだ。女性へのプレゼントは、中々に奥《おく》が深い。

最後に「ユリナさんへ。ケイゴより」と前書きを書き、紙を革紐《かわひも》で綴《と》じて本は完成した。

先ほどユリナさんが俺の飲みかけた蒸留酒のボトルをお土産に渡《わた》してくれていたので、冷たい水で割って飲む。冷え込んできているので焚《た》き火にあたりながら、俺は蒼い月をボンヤリと見上げた。


——なぜか夜空が、いつもとは違って見えた。


ユリナさんはどのようなものが一番好きなのだろうか。俺は彼女のことをもっと知りたいと思った。

俺は蒸留酒をもう少しだけチビリとやってから、既《すで》に布団《ふとん》で丸くなっているアッシュの頭を撫《な》でた後、布団にもぐりこんで眠《ねむ》りについた。

k - 126

翌日。

日中はマルゴが職人連中を連れてきて、居間兼寝所に、煮炊《にた》き可能な煙突《えんとつ》つきの暖炉を作ってくれた。あとは、余った木材で小さなテーブルも作ってもらった。

試《ため》しに暖炉に薪を入れ、ファイアダガーで火をつけてみた。薪の暖炉は中々温かみがあって、風《ふ》情《ぜい》があるなと思った。

俺は嬉《うれ》しくなって、彼らが帰った後、薪割りに精を出した。

今度こそ、ユリナさんのことは忘れ、作業に没頭《ぼっとう》することができた。割った薪は鍛冶《かじ》小屋に一時保管し、雨で濡《ぬ》れないようにした。


……


夜はユリナさんの店に顔を出した。

俺は気がついた。この人と話しているとき、俺は安心している。多分俺にとって、最も重要な気づきだったに違いない。ほぼ初対面の女性に『安心する』など、俺に限ってはありえないことだ。

恋に落ちるとは、お互いに心を許すことと同義なのかもしれない。そこには人として信頼《しんらい》関係が必要であるという、ただただ当たり前のことを言っているにすぎない。

俺はプレゼントの本を、彼女に手渡す。「ユリナさんへ。ケイゴより」という一文を見て、彼女は嬉しそうに微笑《ほほえ》んだ。

こんな偶然《ぐうぜん》もあるものかと思った。なんと二人のプレゼントは同じ『本』だった。しかも、ユリナさんは上下ダークブルーの服のおまけつき。彼女曰《いわ》く、この色の服を着ている男の人が好きなのだそうだ。さっそく着替《きが》えてみたところ、彼女はとても嬉しそうな様子だった。

ユリナさんがプレゼントしてくれた本は、魔導書だそうだ。彼女も俺の本を読んでみたようで、内容に驚いていた。流石《さすが》に釣《つ》り合いがとれないなとお金を払《はら》おうとしたが、拒《こば》まれた。俺の書いた本には価値があるらしい。

俺は、ユリナさんが手渡してくれた本を鑑定してみた。すると、氷系統の生活魔法の基礎《きそ》が書かれたものであること、本を開き呪文《じゅもん》を唱えると魔法を習得できることがわかった。

俺はさっそく魔導書を開き、手のひらを本に当てて、ユリナさんの真似《まね》をして、『魔法の言葉』を唱えてみた。

すると、空中にキラキラと雪の結晶《けっしょう》ができ、それはやがて透明《とうめい》な小さな氷の塊《かたまり》となって、ユリナさんが下に添《そ》えたグラスの中にカランと音を立てて収まった。

『個体名：奥田圭吾《おくだけいご》は、アイスＬｖ１を取得しました』

彼女のグラスと自分のグラスに魔法で作った氷を入れて、蒸留酒のロックを作る。魔力を込める時間で氷の大きさが調整でき、ロックに丁度良い丸い形の綺麗《きれい》な氷ができた。

彼女の好きなものも本だった。その事実が、俺は嬉しかった。

魔法で作ったキラキラと光る綺麗な形の氷の結晶が浮《う》かぶ琥珀色《こはくいろ》の液体を、二人で仲良く飲みながら、俺たちの楽しい時間は、ゆっくりと流れていった。

k - 127

楽しい時間はあっという間に過ぎると言うが、彼女と過ごす時間はゆっくりと流れているように感じる。イメージとしては、大きな川のゆるやかな流れのような感じだ。

マルゴの店のドアを開けると、アッシュの鼻がぴょこっと出てきた。まったくもって可愛《かわい》い。

アッシュを抱《だ》き上げて店の中に入ると、マルゴとサラサが仲睦《なかむつ》まじくしている。もう、恋人《こいびと》ではない。夫婦《ふうふ》の距離《きより》感だ。この家は、まるであたたかい暖炉のようだ。それは決して暖炉の温《ぬく》もりのおかげだけではないはずだ。

——俺は帰り道、ふと考える。

自分の家で過ごす時間はゆっくりと時計の針が進む。たぶんマルゴとサラサも今はゆったりとした時間を過ごしていることだろう。

一人で過ごす時間、彼女と過ごす時間、マルゴたちと過ごす時間。

どの時間も好きだが、マルゴたちと過ごす時間はお祭りのようにあっという間に過ぎていく。しかし、ユリナさんと過ごす時間はゆっくりと、まるで透明な水の中を漂《ただよ》うように、時間の流れを感じさせない。

一人の時間を過ごすとき。一人で焚き火にあたっているときや、布団で横になって考えごとをしているときは、まるで揺《ゆ》り籠《かご》の中にいるかのような、小さく完結した世界で時間を過ごしている。

彼女と過ごす時間はそれとは似ているが、少し違う。決してモラトリアムではないし、お祭り騒《さわ》ぎでもない。不思議でどこか懐《なつ》かしい感覚だ。思考の邪魔《じゃま》をせず、彼女は静かにそこにいてくれる。

——揺り籠で眠る赤子の小さく完結した世界が、少しずつ優《やさ》しく広がっていく。

俺はその感覚こそが、まるで家に近しいものがあると、遅《おそ》まきながら気がついたのだった。

k - 128

帰宅した俺は、一人布団の中で考える。

——人生はウエイトトレーニングのようなものだ。

学業もそう。仕事もそう。経験を積むごとに、より重たい荷物を背負い込み、より高レベルな成果をあげることができる。それと同時に、引き返すこともまた難しくなる。

勤務三年目よりも勤務二〇年の方が、自ら会社を辞めるのが難しくなるという事象に喩《たと》えると分かりやすいかもしれない。

この点、恋愛に関してはどうなのだろうか？
恋愛は自由だし、恋愛感情は不意にやってくる。そして、基本的に年齢は関係がない。いつだって新鮮《しんせん》で、出会いも別れも一つとして同じものなどない。
もっとも、経験を追うごとに自分も相手も傷つかないように、上手だと自分勝手に思い込んでいるだけの恋愛をするようになっているのも事実だ。それが果たして、恋愛だと定義してよいものなのかも分からずに。

——俺はこの年齢になっても、未《いま》だにその答えを持ち合わせてなどいなかった。

k - 129

今日はなぜか、中々眠れない。俺は布団の中で悶々《もんもん》とする。
一人になると、頭の中で今日あった出来事と過去の出来事が連鎖《れんさ》的に化学反応を起こす。俺はその思考プロセスをたどるのが好きだ。

——遅刻《ちこく》は殺人と同格の罪だ。

不意にそんな言葉が頭に浮かぶ。

どこで聞いた言葉だったろうか。確か、何かのビジネス本で読んだ言葉である。

その心は、遅刻は相手の時間を奪《うば》う行為《こうい》なのだから、寿命《じゅみょう》を奪うに等しい行為だということだったはずだ。

俺はいつも相手に気を使う。でも一人の時は、当然ながら誰《だれ》にも気を使わない。なので、その落差が激しい。自己中心的になれるのは、いつだって一人のときだ。

他人はたいてい自分よりも自己中心的だ。俺は人といるときいつも振《ふ》り回されてばかりだ。つまりは、俺は他人といるとき寿命を奪われ続けている。

——絶対に人と関《かか》わりたくないと思う理由は、そこにある。

サラリーマンなどその最たるものだ。会社の都合に振り回され、会社に寿命を奪われ続ける。俺のこの十数年間は、一体何だったのだろうかと思う。

マルゴ、ジュノ、サラサ、エルザはまた別だ。互いに振り回したりはしない。実際は振り回されているのかもしれないが、そういった感覚はない。ビジネスライクであるのかもしれないが、俺の場合、言ってしまえば、『手芸品をつくったら、たまたま買ってくれた』という程度の感覚でしかない。

なので、俺の時間は彼らに奪われてなどいない。

ユリナさんのことを、俺はどう考えているのだろうか？　今のところ、少しも振り回されているという感覚はない。人の気持ちを汲《く》んでくれる、本当に優しい人だと思う。


――そうか。


俺はハタと気づく。

寿命を奪われるんじゃない。寿命をお互いに奪い合い、寿命を共有するという感覚をもてる相手こそが、運命の存在なのだ。

一匹《いっぴき》狼《おおかみ》のような存在の自分から、運命の存在などというロマンチックな単語が飛び出したことに、俺は思わず苦笑せざるをえなかった。

k - 130

朝起きて、大分寒くなってきたなと感じる。いったん布団をめくるが、やっぱり寒いから嫌だと二度寝《にどね》する。

ようやく起床《きしょう》した俺は、居間兼寝所に設置された暖炉に薪をくべ、ファイアダガーで火をつける。

暖かな空気が、ゆっくりと優しく部屋に浸透《しんとう》していく。ウッドの床《ゆか》がより温もりを感じさせる。

俺は切り株椅子《いす》を暖炉の前にもってきて、しばらく火にあたりボーっとする。

桶《おけ》にたまった冷たい水で顔を洗い、歯を磨《みが》く。家から出たくないな……。

もともとインドア派だった頃《ころ》の俺が、ぬっと顔を出す。

ユリナさんからもらった暗色系の服は、結構厚手だ。これから寒くなるに連れて、厚着をするのに使える。本当にありがたいプレゼントだ。

とりあえず、俺は家畜《かちく》とアッシュにエサを与《あた》えてから、自分も干し肉とパン、果実ジュースというメニューを小屋の中で暖炉を背にしながら食べた。


——今日は、ダラダラとしながら過ごそう。


俺は、切り株椅子に座りながら、家の中でも支障とならないライトとアイスの魔法の練習をすることにした。

光の玉は、任意の方向にだんだんと動かせるようになってきた。アイスは飲み物に入れることは勿論《もちろん》、鳥刺《とりさ》しなどの生モノを氷の上に盛り付けるのに使えそうだ。

居間の外に燻製キットを置き、卵、チーズ、シカ肉の燻製を作る。

「さぶっ」

俺はそうつぶやきながら、暖かな家の中に戻《もど》る。きっちりと時計を見て、燻《いぶ》す時間をはかる。

薪は、このところ大量に作っておいたのでかなり備蓄がある。冬に向けて、食料や酒も多めに仕入れておかないと。あとは、雪が降るとなればコート的なものも欲《ほ》しいところだ。毛皮製品なら、サラサの店で取り扱《あつか》っているだろう。

でも今日は、暖炉にあたって過ごす。そう決めた。

俺には、そういう時間が必要だ。特に何もせず、ボーっとする時間。毎日色々な人に気を使っていると、頭がパンクしそうになる。

何もしないといっても、紙に書き物はしている。

頭に浮かんだ考えをまとめたり、詩や物語などを思いつくまま書いていく。もちろん、実用的な新しい植物や動物、モンスターの鑑定結果があれば、その場で書きなぐったものをジャンル毎《ごと》に整理もする。今はモンスターのことを書いた紙片《しへん》の記述を整理しているところだ。居間の中は暖炉とランタンの明かりで十分な明るさがある。

……

ずいぶんと書き物が捗《はかど》った。

時計を見ると、かなり遅い時間まで作業していたようだ。集中できていた証拠《しょうこ》だろう。

さっそく俺は、出来上がった燻製を肴にミランの果実酒でやりはじめる。試《ため》しに氷を入れてみたら格段に美味《おい》しく感じられた。これは良い。

俺は、暖炉にゆっくりと薪をくべる。アッシュが暖炉の脇《わき》で気持ちよさそうに丸くなっている。

こうして、暖かく静かで穏《おだ》やかな時間は過ぎていく。自己中心的になっても、誰が咎《とが》めるわけでもない。


——俺が一番好きな、大切な時間だった。

k・131

今日も俺は一人、暖炉の炎《ほのお》をボーっと見つめながら考え事をする。

俺は物事に対する執着心《しゅうちゃくしん》が欠落しているように思う。

会社もそう、お金もそう、何より人に対して執着《しゅうちゃく》してこなかった。

こちらの世界に来て、親友ができた。そして、その関係値が崩《くず》れることを、初めて怖《こわ》いと思った。

俺は、本当の意味で恋愛をしたことがないのかもしれない。一流商社マンはモテるので、彼女はできるが、全く長続きしない。相手は愛情表現を示さない俺に傷つくか、呆《あき》れるかのどちらかだったように思う。


——恋愛は、執着心の末の産物だと思う。

執着して、粘《ねば》って、泥《どろ》だらけ傷だらけになって、その末にやっと成立する関係値なのではないだろうか。そう考えると、俺にとってこれほど困難なものはない。

俺に限って言えば、相手が俺に執着するかが重要なのではない。俺が相手にどれだけ執着できるかの問題だと思う。そしてそれは気持ちの問題なので、アウト・オブ・コントロールだ。

彼女のことを考えれば考えるほど、深く入り組んだ迷路に迷い込むかのような感覚に陥《おちい》る。好きなのか嫌《きら》いなのかと問われれば、俺はきっと「好き」と答えるだろう。しかし、その程度は、温度は、と問われると、とたんに言葉に詰《つ》まってしまう。

——俺は自分の心がわからない。なぜ恋愛は、こんなにも難しいのだろうか。

k - 132

レスタの町へ来たのは、なんだか久しぶりな気がする。

サラサの店で厚手の毛皮のロングコートを仕入れた俺は、ユリナさんの隣《となり》に座り、蒸留酒を水割りで飲んでいた。

ちなみに水はユリナさんにプレゼントしたウォーターダガーで作ったものだ。純度の高い清潔な水は貴重品なので、とても喜ばれた。俺が製作できることは秘密なので、マルゴの店で買ったことにしてある。

彼女とのコミュニケーションはマルゴ、ジュノ、サラサと同様だ。言葉が通じないのが逆に良い。自己中心的な俺でいても、少なくとも言葉で相手を不快にさせる心配がない。

もっとも、雰囲気《ふんいき》で相手の喜怒哀楽《きどあいらく》は感じることはできる。だがユリナさんは、非常にオットリした方だ。怒《いか》りや悲しみという感情を、俺はまだ見たことがない。

怒りという感情ならまだしも、彼女が悲しんでいる姿は見たくないと思う。

日本語を書いた文字を鑑定すればランカスタ語に変換《へんかん》できるので、筆談は可能だ。だが、書くという行為は意外に面倒だ。筆談は、会話やジェスチャーをする中で、どうしてもわからなかったら聞く程度にしか使わない。

会話の細かい部分がわからないので、それが逆にお互い、酔《よ》った勢いの発言で相手を傷つけることがない。それが良い。話していて楽だ。

なんだろう。お酒をゆっくりとした手つきでつくる、ユリナさんの横顔を見つめる。

不意に俺は、昨日小屋で暖炉で温まったのと同様の感覚を覚えた。それと同時に、過剰《かじょう》なボディタッチをするこの異世界の飲み屋で働くユリナさんが、他の男に何かされてやしないかと思い、モヤモヤした。

俺はこのときの気持ちを、言葉に表現することができずにいた。

第三章
部位欠損修復ポーションの発見

shousyaman no Isekai survival

k-133

翌朝。石壁《いしかべ》の内側で、いつも通り鍛錬《たんれん》を行う。体術の型から入り、的に足刀蹴《げ》りを放つ。続いて、魔法《まほう》の鍛錬を行う。

アッシュが唸《うな》るので、何事かと石壁の外を警戒《けいかい》すると、壁の外側を赤熊《あかぐま》のモンスターがうろついていた。

【レッドグリズリー：熊型の魔獣《まじゅう》。秋にのみ出現する、熊の体毛が赤く、火属性に変異したレアモンスター】

紅葉みたいなモンスターだなと思った。

俺《おれ》は石壁に備え付けてあるボウガンを立て続けに連射し、最後に眉間《みけん》を貫《つらぬ》いて倒《たお》した。

『個体名：奥田圭吾《おくだけいご》は、Ｌｖ16になりました。体力34↓36、魔力《まりよく》24↓26、気力28↓30、力38↓40、知能80↓82、器用さ38↓40、素早《すばや》さ37↓40』

赤熊を解体してみたいと……

一一：〇〇
赤熊を解体し、熊肉を薄《うす》くスライスし熊鍋《なべ》にする。ハーブ鶏《どり》のとき卵で、すき焼き風にして食べてみた。野性味溢《あふ》れる味も、調理方法によって、かなりマイルドな味わいになるものだと思った。
赤熊を解体していて一つ気になることがあった。
【レッドグリズリーの睾丸《こうがん》：強力な滋養強壮《じようきようそう》効果。回復薬の材料となる】
俺はイレーヌ薬草と一緒《いつしよ》にこの熊のアレなアイテムを一緒に煮詰《につ》めてみた。飲みたくはないが、鑑《かん》定《てい》結果にこう書いてある以上、試《ため》さないわけにはいかない。
【エギルの回復ポーション：体力回復（大）、部位欠損修復】

新しいアイテムができた。材料がアレだけに、あまり飲みたいとは思わないが、回復効果は今までの中では最高だ。

『個体名：奥田圭吾は、錬金術《れんきんじゅつ》Ｌｖ７を取得しました』

ふと思う。

「デカイ熊に襲《おそ》われたが、ボウガンで返り討ちにした。熊は解体して、すき焼きにして食った」

日本で勤めていた会社で、このセリフを吐《は》いたらどうなるだろうか。

——実は俺は、凄《すご》いことをしているのかもしれない。

一七：〇〇

赤熊の毛皮をなめしていると、ジュノとエルザがやってきた。この二人だけで来るのは初めてかもしれない。

俺は二人に熊鍋をふるまうことにした。夜は少し冷えるが、焚《た》き火を囲んで鍋をするには、むしろ雰囲気《ふんいき》が出て丁度良い気温だ。

俺は二人と、ジェスチャーを交えて会話をする。やはり片言でしか通じないことは、素晴《すば》らしい。言葉で無遠慮《ぶえんりょ》な質問をダイレクトに受けることもないし、俺の方も言葉のチョイスで変に気を使いすぎることもないので、疲《つか》れない。

俺がユリナさんに会いに行っていることは、この二人も知っているので、彼女《かのじょ》とのことを聞いている様子だったが、俺は言葉がわからないというジェスチャー。女性のことについて、それ以上二人は何も聞かないでいてくれた。

エルザはお酒が飲めないと言っていたので、ルミーの果実ジュースを出してあげた。

ジュノと俺は美味《うま》い熊鍋を肴《さかな》に、ガンガン酒を飲むものだから、エルザが少し呆《あき》れていた。

エルザはアッシュがお気に入りの様子で、ずっと抱《だ》っこしていた。時折アッシュにアツアツの熊肉をフーフーして食べさせていた。

虫の音も、こちらの世界に来た当初の夏っぽいそれとは異なってきた。これがこの世界での、冬の足音というやつなのだろうか。小屋近くに生えた木々の葉も、赤や黄色と彩《いろど》りを深めてきている。

そんな景色を見ていると、ついついホクホクの石焼き芋《いも》でも食べたい気分になる。


——今現在、季節はおそらく秋。

寒空の中、焚き火にあたりながら友人と過ごす夜は、俺にとって、とても楽しいものだった。

k-134

翌朝。日課を済ませた俺は、歩いて俺を訪ねてきた友人を、町まで馬車で送り届けることにした。

一〇：〇〇

ジュノとエルザと別れた俺は、ダンにレッドグリズリーの討伐《とうばつ》報告を行う。証拠《しょうこ》は頭だ。

カードのギルドポイント表示が61に変化した。

次に、なめした毛皮をサラサに渡《わた》す。

【レッドグリズリーの毛皮：小さな発熱効果があり、とても暖かい】

俺はこれを、掛《か》け布団《ぶとん》に加工してもらうことにした。二枚はできそうだ。

一二：〇〇

昼飯を適当に済ませ、最後の用事を済ませるべく、俺はバイエルンさんの館《やかた》の門前に立っていた。

門前では兵士のドニーが、暇《ひま》そうに欠伸《あくび》をしていた。俺は、彼《かれ》にバイエルンさんに会いに来たことを伝える。

彼とは面識があったし、バイエルンさんも町の領主を引退しているので暇なのだろう、すぐに会えるとのことだった。

バイエルンさんの執務室《しつむしつ》にて。俺はテーブルの上に、あるものを置く。それは、ビンに入ったポーションだった。ただし、この町では見たことのない代物《しろもの》だ。

【エギルの回復ポーション：体力回復（大）、部位欠損修復】

俺には、このアイテムを真っ先に必要としている知り合いがいた。それがこの人。右腕《みぎうで》をモンスターに切り落とされ、不自由をしているであろうバイエルンさんだ。

俺は、紙に鑑定結果を書き示す。それを見たバイエルンさんとドニーは目を見開いた。

バイエルンさんはおそるおそる、ポーションを飲む。すると、ないはずの右腕が、光の粒子《りゅうし》が集まるようにして修復された。

バイエルンさんが感動して泣いていた。泣くだけ泣いた後、ブンブンと激しく握手《あくしゅ》を求められ、感謝された。

うん、良かった。俺も少し気になっていたんだ。

用事が済んだので帰ろうとすると、バイエルンさんに腕をつかまれた。ドニーに何かを指示し、しばらくすると、ドニーが大きな袋《ふくろ》を持ってきた。それは、金貨が大量に詰《つ》まった革袋《かわぶくろ》だった。

俺はいらないと言ったのだが、押《お》し付けられた。

彼らの厚意を無下にするのも失礼にあたると思ったので、俺は革袋を受け取ることにした。

一六：〇〇

サラサの店に寄ると、既《すで》にレッドグリズリーの毛皮は掛け布団二枚に加工されていた。

代金として金貨二枚を差し出したが、多いと言われ銀貨を何枚か返される。俺は商人として、彼女のこういう真面目《まじめ》なところが好きだったりする。

せっかくなので、薪《まき》、食料、酒を荷馬車に満載《まんさい》になるまで購入《こうにゅう》した。代金はバイエルンさんから頂いた金貨袋を指差して、適当にもらってくれと言ったが、彼女は銅貨一枚単位まで細かく計算してお釣《つ》りを返してくれた。きっと商人として当たり前の行為《こうい》なのだろう。

彼女にも、マルゴと同じく、商人としての矜持《きょうじ》を感じる。だからこそ、俺は彼女を信用する。

一七：三〇

家に帰ってきた俺は、ベッドの下を加工して作った隠《かく》し金庫にバイエルンさんから頂いた金貨袋を大切に保管した。ちなみに金貨の数は面倒《めんどう》なので数えておらず、大量にあるということしかわからない。

小屋には鍵《かぎ》がかけられるとはいえ、用心に越《こ》したことはない。なにも敵はモンスターだけではないからだ。

眠《ねむ》る際、ブルーウルフの掛け布団を、レッドグリズリーの掛け布団に替えてみた。ポカポカと暖かく、これなら寒い季節でも十分暖をとれそうだなと思った。

ドニー1

俺はドニー。バイエルン様に雇《やと》われている兵士だ。兵士長という肩書《かたがき》を与《あた》えられている。

俺はバイエルン様の館前で門番をしていた。自然と欠伸が出る。それにしても眠くなる仕事だ。ケイゴの家で食べたサシミという料理のことを思い出す。あれをもう一度食べたいなあ……。

すると、当のケイゴが荷馬車でやってきた。珍《めずら》しいこともあるものだ。

ケイゴがバイエルン様に面会を求めている。バイエルン様は庭で散歩をしていらっしゃる。特に用事はないはずだ。

ケイゴに少し待ってもらい、バイエルン様に許可をもらう。ケイゴを厩舎《きゆうしや》に案内し、馬車をつないだ後、バイエルン様の執務室まで案内した。

執務室のドアをノックして、中に入る。

俺は、執務室のドアの横に立ち、ケイゴとバイエルン様の邪魔《じやま》にならないようにする。

「ケイゴ。よく来てくれた。まずはかけたまえ」

「アリ、ガトウ」

相変わらずの片言だな。

ケイゴは豪華《ごうか》な応接セットのソファーに腰掛《こしか》けると、カバンからビンを取り出しテーブルの上にコトリと置いた。そして、紙にペンでサラサラと何かを書いてバイエルン様に見せた。するとバイエルン様が目を見開いて驚《おどろ》いたので、俺も我慢《がまん》できずにその紙を見る。そこには……。

【エギルの回復ポーション：体力回復（大）、部位欠損修復】

重要なのは『部位欠損修復』という記載《きさい》だ。そのようなポーションがあるなど、生まれてこの方聞いたことがない。

バイエルン様がそのポーションのビンをおそるおそる手にとり、ゆっくりと飲み干す。すると、右腕が光の粒子が集まるようにして修復した。まるで魔法だ。いや、事実魔法なのだろう。俺は感動に打ち震《ふる》えた。

「ドニー。金貨の大袋を持ってきなさい」

「はっ！」

俺は、金庫番にバイエルン様の書き付けを見せ、金貨二〇〇〇枚の詰まった大袋を大至急、執務室へと運んだ。

ケイゴは、いらないというジェスチャーをした。何という男だ。俺は、素直《すなお》にこの男の無欲さに驚嘆《きょうたん》した。忠誠を誓《ちか》うバイエルン様を、二度も救った男。俺にとっての大恩人となった瞬間《しゅんかん》だった。

しかし……。欲にまみれた貴族は多い。このことが知れると厄介《やっかい》なことになりそうだ。

俺は大恩人のために、今見たことについては誰《だれ》にも言わないことを誓った。

k-135

仮に、無人島で一〇億円をもっていたとして、何の役に立つのだろうか。

『重要なのはサバイバル技術であり、衣食住に必要な物資だ』と誰もが答えるだろう。

レッサードラゴンがバッサバッサと飛んでくるこの世界に、金銭の価値はそれほどないのかもしれない。

金など、生きていく上で必要最低限あれば十分だ。重要なのは自由な時間であり、他人に寿命《じゅみょう》を奪《うば》われないことである。タイム・イズ・マネーという言葉は正しくない。時間と金は決してイコールなどではなく、タイムの方がはるかに重要な価値があると俺は思う。


……


俺はこの日、ドラム缶《かん》に設置できるサイズの鉄の板を製作。マーマンの鱗《うろこ》を砕《くだ》いて、鉄の板に水属性を付与《ふよ》していた。

冬、雪が降るとして交通手段はどうなるのだろう。ドラム缶を荷馬車に積んで風呂《ふろ》用の水を気軽に運ぶのは難しいように思う。

俺は水が湧《わ》き出る鉄の板、【ウォーターボード】をドラム缶に設置して、風呂用の水にすることにした。水は綺麗《きれい》なのだが、たまる速度は非常にゆっくり。一つでは足りないので、ドラム缶を三つに増やした。なお、雪が積もれば、雪を融《と》かして風呂にするという手もあるが。

丁度、ウォーターボードが三枚完成したところで、汗《あせ》だくになっていた俺は、風呂に入りたいと思った。今すぐ風呂に入りたい俺は、ドラム缶を荷馬車に積んで川に水を汲《く》みに行き、風呂を沸《わ》かした。

一八：〇〇

「ふー」

湯煙《ゆけむり》の中、俺は深く息を吐く。

空を見上げると蒼《あお》い満月がやけに大きく見える。

ふと思う。今日はユリナさんのことを考えていない。

人はドラマの世界みたいに恋愛《れんあい》だけには生きられない。リアルな日常生活を過ごすのには相当な労力を使う。俺など、風呂を沸かすことだけを考えて今日一日を潰《つぶ》した。

いつまでも結婚《けっこん》しない俺に、上司は「妥協《だきょう》しろ」と夢のないことを言っていた。やはり、それが正しいのだろうか？　妥協して、結婚して家庭を作る。実現している人は立派だと思うし、それを否定する権利は俺にはない。

しかし、俺にはこの不思議な世界でできた親友たちとの関係以上に価値があるものとは、どうしても思えなかった。気がつけば、彼女のことで舞《ま》い上がっていた自分を、客観的に冷静に分析《ぶんせき》してしまう、悲しい生き物がそこにはいた。

k-136

翌日、畑で葉っぱをいじりながら、俺は物思いに耽《ふけ》る。

日本にいた頃《ころ》の記憶《きおく》で、「布団の中で寝《ね》ていても何も変わらない」という何かの歌詞があった。

同様のニュアンスだと思うが、「８０４０問題」とマスメディアが作りあげた言葉があった。引きこもりの四〇代が、八〇代の親に養ってもらっているのが問題なのだそうだ。

俺は思う。モラトリアムの何が悪い。第三者が他人に何かをしろと言うのは間違《まちが》っている。社会は個人のためにあるのであって、個人が社会のためにあるわけではない。

何かをしろと他人に命令することは、個人を社会の犠牲《ぎせい》にすることだ。俺は、社畜《しゃちく》を強制することの罪深さを身をもって経験している。生き方など、個人の自由だと思う。

結局、行き着く先は金の問題なのだろう。八〇代の親に寄生するのは褒《ほ》められたことではないが、双方《そうほう》の合意があれば問題はないと俺は思う。親が心配しているのは、自分が死んだ後のことだ。

しかし、俺はこのような状況《じょうきょう》に置かれてみて、リアルぼっちになった状況？　それがどうしたと言いたい。人間、リアルぼっちになったらなったで、何とかなるものだ。この世界には、生活保護なんてものはないのだから。

だから俺は、社会から強制されずに、ダラダラ自由に生きたいと願ってやまない。

一日中小屋に引きこもって書き物をしたり、一心不乱に畑を耕したり、薪を割ったり。

ポーション作製や鍛冶《かじ》だって、誰に強制されたわけでもない。マルゴに卸《おろ》しているものも、あくまで友人関係の範疇《はんちゅう》でしかない。

俺もレスタの町の人たちに世話になっているので、全くの自給自足をしているわけではないが、それでもそう思う。俺の悪い癖《くせ》だ。


——自由は理不尽《りふじん》に奪われる。

冬の足音が聞こえてきている。町に行くのも既に億劫《おっくう》になってきた。俺は再び、人間との関係を断絶したいという衝動《しょうどう》に駆《か》られていた。

ハインリッヒ6

私はハインリッヒ。このレスタの町を統治している者だ。

最近、少しばかり奇妙《きみょう》な出来事があった。

父上の、レッサードラゴンに切り落とされた右腕が治っていたのだ。

私は、どういうことかと父上やドニーを問い詰めたが、決して口を割らなかった。

だが私はピンときた。父上とドニーの視線がチラリとポーションのビンに動いたのだ。

──おそらくケイゴオクダの仕業《しわざ》だろう。

当たりをつけた私は、金庫番から裏をとった。治療《ちりょう》の報酬《ほうしゅう》をケイゴオクダに渡したそうだ。

フフフ……。どうしてくれよう。切り落とされた腕を完治させるポーションなど、聞いたことがない。そして、欲にまみれた貴族は多い。

貴族どもにこの薬を売りつければ、莫大《ばくだい》な利益を生むことは間違いないだろう。

ここまで価値があるものが存在するのなら、ケイゴの料理がどうのとは言っていられない。ケイゴオクダには私だけのポーション工場として、奴隷《どれい》になってもらうとしよう。

しかし、父上の妨害《ぼうがい》をなんとかしなければ。

そうだな。美人局《つつもたせ》などどうだろうか。まず、歓楽街《かんらくがい》の子飼いのゴロツキに金をチラつかせる。そして、ケイゴオクダに歓楽街の女をあてがった上でゴロツキに脅《おど》させ、拉致監禁《らちかんきん》。ケイゴオクダには、そこで一生ポーションを作らせる……。

──フフフ。我ながら、完璧《かんぺき》な作戦だ。

私は何とはなしに、教会のゴライアス神父より賜《たまわ》った神ゼラリオンを象《かたど》ったペンダントを、机の引き出しから取り出し、机の上にコトリと置いた。

「チリーン」


執務室にいた私は、早速《さっそく》呼び鈴《りん》を鳴らした。

「お呼びでございますか、ハインリッヒ様」

「ジル。お前に頼《たの》みたいことがある。作戦を伝えるので、これから歓楽街に向かってくれ」

私は作戦の詳細《しょうさい》をジルに伝え、金貨袋を渡した。

「それでは、行って参ります。全《すべ》て、このジルにお任せあれ」

この日、ハインリッヒの館から黒衣に身を包み、完全に気配を消した老紳士《しんし》が、颯爽《さっそう》と歓楽街の方へと歩みを進める姿があった。しかし、その正体に気づいた者は誰もいなかった。

k‐137

俺は夜、居間のテーブル上で、ランタンの明かりを頼《たよ》りに一人紙にペンを走らせている。この不思議な世界に来て何日が経過しただろうか。俺はふと腕時計《うでどけい》の日付表示に目をやる。

――この世界で過ごす日々も長くなったものだ。外気温が変化するのも当然だ。

今日は、『少子化はインターネットが普及《ふきゅう》したことによる必然的現象である』という仮説について考えてみることにする。時折ふっと頭に浮《う》かんだことは、案外重要なことが多い。そして、俺はその都度考えをまとめ、文章に残すようにしてきた。

――さて、本題である。

インターネットがなかった時代。SNSがなかった時代。人間は一対一で直接コミュニケーションをとるしかなかった。しかし、インターネットが普及しSNSが発達するにつれ、人間のコミュニケーションの世界は広くなり、同時に希薄《きはく》になっていった。

人は、希薄な人間関係が心地《ここち》好《よ》いと感じてしまった。心に対する負荷《ふか》が薄い分、コミュニケーションをとる相手を取捨選択することで、心のキャパシティオーバーを防ぐことが可能となったからである。

対して恋愛は、心に対する負荷が非常に重い。むしろ心のキャパシティオーバーを起こすことこそが恋愛である、と定義することもできる。

人は本能的に、楽な方へ楽な方へと流れる生き物である。科学技術の発展など、その本能的欲求の産物に他ならない。

その結果、人は心のキャパシティオーバーを拒《こば》むようになり、恋愛に対する拒絶《きょぜつ》反応が生まれた。

人は、恋愛に心地好さを感じなくなってしまった。

恋愛をしなくなり、直接のコミュニケーションが極端《きょくたん》に減れば、当然子供など生まれない。これが、少子化の真相であると結論づけることはできないだろうか。

俺は、ユリナさんに対して色々と思い悩《なや》んだ。つまりは心のキャパシティオーバーを起こしていたのだ。そして、ネット社会に依存《いぞん》した俺の脳は、それを良しとせず心の防衛機構が働いた。

好きなのに拒絶してしまう。俺の一見矛盾《むじゅん》した態度は、このような行動原理に基《もと》づいたものであると考えることができる……。


……


俺は、急に悲しい気持ちになり、そっとテーブルの上にペンを置いた。

冷静に心の内面を深掘《ふかぼ》りしてみた俺は、なるほどと思う反面、これほど悲しい人間はいないないなと思った。今日は飲もう。まだ彼女から頂いた蒸留酒が残っている。

そして彼女のことを、もう思い出すことのないように、蒸留酒のボトルを空にした俺は。

——人知れず、布団の中で涙《なみだ》を流していた。

第四章　天使の羽根と愛の告白

shousyaman no isekai survival

マルゴ10

夜。店の表札をクローズにする時間。

俺《おれ》の店にサラサ、ジュノ、エルザが集まり、暖炉《だんろ》を囲みながら談笑《だんしょう》していた。ずいぶんと寒くなってきたものだと思う。

するとそこへ、おっとりした感じの、泣きぼくろの似合う、銀色のロングヘアーが艶《つや》やかな美人が、何か焦《あせ》っている様子で俺の店に入ってきた。その美人さんの格好《かっこう》を見て、一目で歓楽街《かんらくがい》のお姉さんだとわかる。

「お願い！　ケイゴを助けて！」

息の上がった様子の彼女《かのじょ》。ああそうか、ケイゴが好きになった女性。確かユリナさんだったか。

……

ようやく一息ついた彼女は。

「歓楽街のチンピラが話していたの。ケイゴを美人局《つつもたせ》で襲《おそ》って、拉致《らち》するんだって。ケイゴは今《いま》頃《ごろ》……。どうしよう！」

今にも泣き出しそうな、ユリナさん。

俺は右手で頭をかきながら、ユリナさんに声をかける。

「わかった。俺たちでケイゴを助けに行く。ジュノ、行くぞ。いいな？」

「心配だから、私たちも付いて行くわ。あなたも行くわよね？」

とサラサ。思いつめた表情で頷《うなず》くユリナさん。

それから、俺たち五人は馬車を走らせ、寒空の中、ケイゴの家へと急いだのだった。

k-138

朝早く川へ行き、釣《つ》ってきた魚をさばいてみると、タラコに似た味の卵がぎっしりと詰《つ》まっていた。俺はタラコに似たその魚卵を塩漬《しおづ》けにする。魚肉の方は干物にする。

魚の処理をしていると、コートを着た美しいお姉さんが三人、小屋の門前にやって来た。

何かを話しているが、ランカスタ語がわからない。

なぜか、アッシュがウーっと唸《うな》っている。

俺はとりあえず近くに行き、ジェスチャーで「何の用ですか？」と聞く。お姉さんたちは手を組んで、「助けて！」とジェスチャーをしてきた。寒空の中、コートを着ているとはいえ、女性をこのような場所に立たせておくべきではない。俺は、暖炉のある小屋の中に三人を招き入れることにした。

魚の処理を切り上げ、手を冷たい水でよく洗った俺は、小屋の中に入る。するとコートを脱《ぬ》いだ薄着《うすぎ》のお姉さんたちが三人、暖炉前の切り株椅子《いす》から立ち上がり、ランカスタ語で「アリガトウ」と言いながら手を握《にぎ》ってきた。

甘《あま》く良い香《かお》りがし、思わず俺は鼻の下がのびそうになるが、自制する。全く、目の毒にも程がある。

俺は、彼女たちを切り株椅子に座《すわ》るよう促《うなが》す。

体が冷えているであろう彼女たちのために、俺は暖炉でお湯を沸《わ》かし、マーブル草のハーブティーを淹《い》れた。

何があったのか聞いたが、どうやら何かから追われて逃《に》げてきたようだ。格好からして、歓楽街でトラブルにでも巻き込《こ》まれたのだろうか。

鍛冶《かじ》小屋も空いている。俺は鍛冶小屋の方を指差して、好きなだけ泊《と》まっていって良いとジェスチャーで伝える。彼女たちからは、再び「アリガトウ」と言われた。

いつの間にか、アッシュはおとなしくなっていた。

一九：〇〇

今日は久しぶりに他人に気を使って疲《つか》れたので、俺は早めに眠《ねむ》ることにした。

外では、彼女たちのために風呂《ふろ》を沸かした。俺は先に眠る旨《むね》をジェスチャーで伝え、布団《ふとん》の中に入った。ふー、落ち着く。俺はこの瞬間《しゅんかん》が何より好きだ。

……

布団に入ると、すぐに眠りに落ちた俺ではあった。しかし、唐突《とうとつ》に目が覚めた。お姉さん三人が、肌着《はだぎ》姿で俺の寝所《しんじょ》に入ってきたのである。

ドアがパタリと閉められる。妖艶《ようえん》な笑《え》みを浮《う》かべ、にじり寄る美女三人。

「ちょ、ちょっと待って……。待ってください！」

思わず日本語で叫《さけ》ぶ俺。アッシュは呆《あき》れたように鼻を鳴らし、再び布団の上で丸くなる。

俺と三人が、ギリギリのコントのような攻防《こうぼう》を続けていると、急にアッシュが唸りだした。

ドンドンドン！

小屋のドアが激しく叩《たた》かれる。なんだ？

俺は、ヘルファイアソードを片手に、ドアを開ける。と、そこには、モヒカン頭のヤンキーみたいな男がいた。

モヒカン野郎《やろう》はスラリと剣《けん》を抜《ぬ》き、お姉さんたちを指差し、何かを言いながら俺にガンを飛ばしてくる。「俺の女に、よくも手を出してくれたな」という感じだろうか。

あー。これは、いわゆる美人局ってやつか？

モヒカン野郎は持っていたポーションのビンを前に出してから、これをよこせと言った。その時点で、誰《だれ》の差し金かを察した。バイエルンさんの、右腕《みぎうで》の部位欠損を治したポーションのことを言っていると思われる。だとすれば……。

俺は一旦《いったん》外に出て、モヒカン野郎から距離《きょり》をとる。ヘルファイアソードを一閃《いっせん》。火球を飛ばしモヒカン頭に火をつけた。

悲鳴を上げ、転げまわるモヒカン野郎は、桶《おけ》にたまった水に勢いよく頭を突《つ》っ込んだ。


シュー……。


――モヒカン野郎はアフロ野郎になっていた。

アフロ野郎は立ち上がり、「おぼえてろ～！」的な捨てゼリフを吐《は》きつつ逃げていった。お姉さんたちを見ると、顔が青ざめていた。

美人局か……。理解はしているが、どうしたものだろう。寒空の中、女性を外に叩き出すのは俺の主義に反する。基本的に俺は女性に甘いので、厳しい対応がとれない。しばらく途方《とほう》に暮れていると、馬車に乗ってマルゴたちが現れた。マルゴと一緒《いっしょ》に乗っていた人物を見て、俺は思わず目を見開いた。

k-139

――マルゴの馬車には、ユリナさんが乗っていた。

ユリナさんは心配そうな顔をしていたが、俺の無事な姿を見て安心した表情になる。しかし、それも束《つか》の間、プイっと目を合わせてくれなくなった。

それからユリナさんは、美人局の女性三人と話をつけてくれた。

今日のところは夜も遅《おそ》いので、鍛冶小屋に泊まり、明日乗ってきた馬車で町まで送り届けることになった。俺は、女性三人から改めて謝罪を受けた。

マルゴの提案で、俺たちは寝所兼《けん》居間の中で宴会《えんかい》をすることになった。女性三人も誘《さそ》ってみたが、流石《さすが》に悪いと固辞された。

夜も遅いので、俺は簡単に作れるハーブ鶏《どり》の卵、チーズ、タラコもどきの塩漬けを使い、チーズ明太玉子焼きを作った。チーズ明太玉子焼きを食べたマルゴが硬直《こうちょく》していた。他にも酒の肴《さかな》に燻製《くんせい》卵、燻製肉などを出してあげた。

俺は、いつまでもにこやかな表情のまま目を合わせてくれないユリナさんの肩《かた》を叩き、「外で話がしたい」とジェスチャーをする。

俺とユリナさんはコッソリと、暖かい小屋から冬の足音が聞こえる小屋の外に出ることにした。

……

「ハー」

二人の白い吐息《といき》が舞《ま》い踊《おど》る。

ユリナさんが両手を口に添《そ》え、手を温めている。彼女が寒さで小刻みに震《ふる》えていたので、俺は彼女の肩にそっとアッシュウルフのマントをかけてあげた。

——不意に。

「ユノス……」

「雪……」

二人の声が重なった。

キラキラと輝《かがや》き舞い落ちるそれは、北海道の地ではよく見た風景。ダイヤモンドダストだった。

声はしんしんと降り続ける雪に優《やさ》しく包み込まれ、小屋の中までは届かない。

淡《あわ》く輝く雪を背景に佇《たたず》み、空を見上げる彼女は、まるで純白の羽根を降らせる天使のように見えた。


……


ぷくっと彼女が、ほっぺたを膨《ふく》らませた。

何も言わずに、彼女のお店に顔を出さなくなった俺のことを怒《おこ》っているようだった。やはり、俺のヘタレ根性《こんじょう》などお見通しか。この人には、敵《かな》わないな……。

俺は、「ゴメンナサイ。アナタノコトガスキデス」と片言のランカスタ語で彼女に想《おも》いを伝える。

彼女の表情が、ほんのりと明るくなる。そして、彼女は何かを考えるように少し沈黙《ちんもく》した後、「ワタシモ、アナタガスキデス」と答えた。

そして再び、二人の間に沈黙の帳《とばり》が下りる。余計な雑音は、柔《やわ》らかな雪が静かに降りつもる音に全《すべ》てかき消される。彼女となら、沈黙も全く嫌《いや》ではない。ただただ安心で優しい時間だ。

俺は、彼女の綺麗《きれい》な髪《かみ》を飾《かざ》る、冷たい天使の羽根を手ではらう。風邪《かぜ》でもひいたら大変だから。

俺はしんしんと降りつもる雪を見ながら、無意識に、ゆっくりとした優しいクリスマスソングを口ずさんでいた。母さんが、いつもクリスマスに飾り付けをしながら歌ってくれた歌。

すると、急に彼女が抱《だ》きついてきて、俺の頭をゆっくりと優しくなでてくれた。それはまるで、天使の羽根に包まれているかのようだった。どうやら俺は、自分でも気がつかないうちに、原因不明の何かが込み上げてきて、涙《なみだ》を流していたようだ。

彼女が心配そうな顔をしていたので、俺は涙をぬぐい、「もう大丈夫《だいじょうぶ》だよ」と笑顔で答えた。

それから俺たちは向かい合って、雪が舞い散る夜空に手のひらをかざしながら笑い合った。

俺は、強烈《きょうれつ》に心を支配していた断絶衝動《しょうどう》が、手のひらの上で淡くとける雪と一緒に、どこかへ消え去っていくような感覚を覚えていた。

彼女が困っているなら一番に駆《か》けつけよう。彼女が悲しい時は、いつも側《そば》にいたい。

――その時ちっぽけな男は、彼女の剣となり盾《たて》となることを、天使の羽根が舞い踊る、幻想《げんそう》的な夜空に誓《ちか》ったのだった。

k-140

――俺とユリナさんは手をつないで、しばらくの間、ひらひらと舞い落ちる雪の結晶《けっしょう》を眺《なが》めていた。

白く輝く吐息は外気温の低さを物語っているが、不思議と全く寒さを感じない。むしろ暖炉にあたっているかのように、心が温かい。

だが、寒さで彼女が体調を崩《くず》してもいけない。そろそろ小屋に戻《もど》ろうかと思っていると、急に小屋の壁際《かべぎわ》に積んだ酒樽《さかだる》が豪快《ごうかい》な音を立てて崩れ落ちた。と同時に、アッシュがこちらに全速力で駆けてきて俺に飛びついた。

俺はアッシュを受け止め、しりもちをついた。アッシュが俺の顔をペロペロ舐《な》める。

崩れた酒樽の方を見るとマルゴ、ジュノ、サラサ、エルザがいた。どうやら、抱っこされていたアッシュが我慢《がまん》できずに俺の元にふっとんできたようだ。

バツの悪い顔をしながら、親友たちが近づいてくる。アッシュを雪化粧《ゆきげしょう》が施《ほどこ》された地面に解放すると、まるで俺とユリナさんを祝福するかのように、ぐるぐると駆けまわった。

近づいてきた親友たちが、俺たちに「オメデトウ」と口々にひやかしの声をかける。ジュノとマルゴに至ってはピューピューと指笛まで吹《ふ》いている。こいつら……。いつから見ていやがった。


……


その後、俺とユリナさんの恋《こい》バナを酒の肴にドンチャン騒《さわ》ぎになった。

こんなに幸せな夜が訪《おとず》れるとは夢にも思わなかった。

俺は冷やかされたお返しとばかりに、ムレーヌ解毒草《げどくそう》のスープを作らなかった。こんな夜は、二《ふつ》日酔《かよ》いになるまで飲み明かそう。チーズ明太玉子焼きが大好評だったので、俺はもう一度作ってテーブルに出す。

この調子では、鍛冶小屋で眠る女性三人をレスタの町に送り届けるのはどうやら昼を過ぎることになりそうだ。

俺はヤレヤレと思いながら、暖炉でパチパチと音を立てて爆《は》ぜる薪《まき》の炎《ほのお》を見ながら、グイと蒸留酒をロックであおる。横に座るユリナさんを見ると、俺の心情を察してくれたのか、彼女も肩をすくめてクスリと笑った。

ユリナさんがうつらうつらしてきたので、彼女を俺のベッドに寝《ね》かせ、暖かいレッドグリズリーの掛《か》け布団をかけてあげた。すると、すぐに彼女は可愛《かわい》い寝息《ねいき》を立て始める。

俺もいい加減眠くなってきたので、もうひとつのレッドグリズリーの掛け布団にくるまり、暖炉近くで雑魚寝《ざこね》をすると、アッシュが俺の足元にぴたりとくっついてきた。俺は、可愛いアッシュを抱っこして一緒に布団にくるまった。

なお、マルゴたちの掛け布団はいつも使っている毛皮製のものがある。サラサが俺の家に勝手に持ち込んだものである。

そうして俺は、マルゴたちの陽気な歌声をＢＧＭに、いつの間にか意識を手放していた。

アッシュ6

僕《ぼく》はアッシュ！

僕には、良い人か悪い人か、困っている人なのか、そうでないのかの見分けがつくんだ。その人の体からモヤみたいのが出ていて、その色が違《ちが》うの。

お姉さん三人と、ニワトリ頭のおじさんがうちにやってきたよ。体から黒いモヤが出ていたので、僕はご主人さまに気をつけてって言ったよ。

ご主人さまが、最近暗い顔をしているんだ。真っ白いご主人さまのモヤがだんだんとにごってきて、だんだんと灰色のモヤになってきたんだ。ビョーキかな。心配だよ！

ニワトリ頭のおじさんと入れ替《か》わりに、サラサおねえちゃんがやってきたよ。わーい。

ユリナおねえちゃんという人もいたよ！　いっぱいお肉をくれるから大好き！


ご主人さまとユリナおねえちゃんが、お外に出て行ったの。僕はサラサおねえちゃんに抱っこされて一緒にご主人さまたちを見ていたよ。

そうしたら、白いフワフワが振《ふ》ってきたんだ。遊びたいよ！　放してよ！

ご主人さまをみるとユリナおねえちゃんに、頭をなでなでされていたよ。すると、ご主人さまの灰色のモヤが光って、白いモヤになったんだ。そのあと二人から、焚《た》き火の色と同じ色をした綺麗なモヤが出たんだ。

僕はうれしくて、いても立ってもいられなくなって、ご主人さまに飛びついたんだ！　ビョーキが治って良かった！

その後、僕は白いフワフワが楽しくて、ご主人さまとユリナおねえちゃんのまわりをいっぱい走ったんだ。

走りすぎて疲れたから、今日はご主人さまと一緒にネンネするの！　おやすみなさい！

エルザ3

ケイゴがチンピラに絡《から》まれていると聞いて、心配して来てみたけれども、杞憂《きゆう》に終わった。

丁度良いので、私たちはケイゴの家で宴会をすることになった。

ケイゴの出してくれた、『チーズメンタイタマゴヤキ』という料理をみんなで食べることにしたわ。

パク……。トロ……。

ドドーン

その瞬間、私の背後に青い稲妻《いなずま》が轟《とどろ》いた。

ふんわりしたアツアツの玉子とチーズ、そして塩味の魚卵が奏《かな》でるハーモニー。それから私たちは、一心不乱にケイゴの料理を平らげた。私も、普段《ふだん》は飲まないお酒を飲んでしまった。ちょっと甘いものを、サラサが出してくれた。

何よこれ！　美味《おい》しすぎるじゃない！

……

何やらケイゴとユリナが外に出て、良い雰囲気《ふんいき》になっている。ちょっと野暮《やぼ》だけれども、酔《よ》った勢いで、のぞいてしまった。白い雪に手をのばして笑い合う、無邪気《むじゃき》な二人を見ていると、途中《とちゅう》からこっちが恥《は》ずかしくなってきちゃった。

それから私たちは、ケイゴとユリナのことで大盛り上がり。ケイゴはまた、『チーズメンタイタマゴヤキ』を作ってくれた。もう飲むしかないわ。

私たちは、歌って飲んでの宴会に突入《とつにゅう》した。

私はその日、生まれて初めてお酒で記憶《きおく》を失った。

k‐141

ドンチャン騒ぎの夜が明け、俺はいつものベッドではなく、暖炉近くの床《ゆか》で目覚めた。

体の節々が痛い。そういえば、ユリナさんにベッドを譲《ゆず》り、俺は雑魚寝をしたのだった。

俺は掛け布団をはねのけ、周りを見ると、マルゴとジュノが床で豪快に大の字になってイビキをかいている。

サラサとエルザは、俺のベッドで倒《たお》れるようにして眠っていた。

ユリナさんはすでに起きていて、身支度《みじたく》を整えているところだった。

俺は、ユリナさんに「オハヨウ」と声をかける。なぜだろう、照れくさい。

俺は冷えた室温に耐《た》えられず、火の消えた暖炉に薪をくべ、ファイアダガーで火をつける。

俺は急に風呂に入りたくなった。朝食の準備をしつつ、雪見風呂とシャレこむことにしようか。

朝食のメニューはもちろんムレーヌ解毒草を使ったスープだ。塩とハーブ鶏の卵で味をつけ、野菜を適当に切ってサラダを付け合わせにする。

料理や風呂の準備はユリナさんも手伝ってくれた。流石はプロと言うべきか、彼女は二日酔いにはなっていなかった。外に出ると、すっかり一面の銀世界だった。

料理の匂《にお》いに釣られてか、歓楽街のお姉さんたちが、あられもない姿で鍛冶小屋から出てきた。俺は思わず首ごと目をそらす。ユリナさんが慌《あわ》てて彼女たちに、服を着るように注意していた。

歓楽街のお姉さんたちとユリナさんを、先に風呂に入らせた。俺は料理を人数分作って居間のテーブルに並べた。

未《いま》だ青い顔をして倒れるようにして眠る、マルゴ、ジュノ、サラサ、エルザにはムレーヌ解毒草のスープだけを飲ませた。俺はヤレヤレと肩をすくめ、朝食をとる。

風呂から上がった歓楽街のお姉さんたちとユリナさんが居間に入ってきたので、朝食をとってもらった。入れ替わりで俺は、雪見風呂とシャレこむ。ふー。雪見風呂とはまた、風情《ふぜい》があって良い。

床で眠ったための、全身の凝《こ》りがほぐれていく。

雪が暖かいとは矛盾《むじゅん》した表現に聞こえるかもしれないが、本当にそのように感じる。心も体も穏《おだ》やかになる。

……

九：三〇

二日酔いで倒れるマルゴたちを待っていても申し訳ないので、俺は歓楽街のお姉さんたちを、馬車で町へ送り届けることにした。馬車の上は寒いので、毛皮の掛け布団を持ち込んで、体を包んでもらった。アッシュはユリナさんに預け、おうちでお留守番《るすばん》だ。

町へ向かう途中、シミターと盾で武装するコボルトファイター三体に囲まれたが、物陰《ものかげ》から出てきたブルーウルフが加勢してくれた。俺はブルーウルフが足止めをしている隙《すき》をつき、弓でシャープシュートを放つ。コボルトファイターの頭を、次々と撃ち抜き倒した。

俺は、寄ってきたブルーウルフの頭をなで、馬車に積んでおいたシカの干し肉を食べさせ、ポーションで切り傷を治療《ちりょう》してあげた。そして、ブルーウルフたちは去っていった。

それを見ていた歓楽街のお姉さんたちは、あんぐりと口を開けて驚《おどろ》いていた。

歓楽街のお姉さんたちを無事町の門の中に入れ、別れを告げた後、俺はギルドにコボルトファイターの爪《つめ》を提出し討伐《とうばつ》報告をした。

討伐報告以外に特段町に用のない俺は、雪原につけてきた車輪跡《あと》を辿《たど》り、家路につくことにした。道中、放置してきたコボルトファイター三体を空の荷馬車に載《の》せ、家まで運んだ。

一四：〇〇

家に到着《とうちやく》した俺は、二日酔いから復活したマルゴ、ジュノとともに、コボルトファイターの解体を行った。肉を鑑定《かんてい》してみると、【コボルトファイターの肉：そこそこ美味《びみ》】と出たので、ステーキにして食べることにした。とても食べきれる量ではないので、今日食べる分以外は干し肉にすることにした。

コボルトファイターのエメラルドグリーン色の毛皮はサラサ、エルザ、ユリナさんがなめすのを手伝ってくれた。

一六：〇〇

俺たちは、コボルトファイターの肉を使った料理を食べ、お腹《なか》を満たした。

第五章　賽は投げられた

shousyaman no isekai survival

k‐142

一八：〇〇

五人が馬車に乗り込《こ》み、レスタの町に帰る際、寒そうに震《ふる》えるユリナさんが心配になった俺《おれ》は、毛皮の掛《か》け布団《ふとん》を持ってきて彼女《かのじょ》を包んであげた。

恥《は》ずかしそうに日本語で「アリガトウ」とユリナさんが言う。俺が片言のランカスタ語を覚えるように、彼女も片言の日本語を覚えてくれている。なんだか嬉《うれ》しい。

そして、ユリナさんが名残惜《なごりお》しそうに何度もこちらを見ながら、マルゴたちと一緒《いっしょ》に馬車で町へと帰っていった。俺は雪がチラチラと降る中、彼女の乗った馬車が見えなくなるまで、ずっとその場に立ち尽《つ》くしていた。

……

「へっくし！」

俺は盛大《せいだい》にくしゃみをする。アッシュウルフのマントで体を包んでいたものの、大分体温を奪《うば》われたようだ。

「クーン」

アッシュが俺を見上げて、心配そうな鳴き声をあげる。

「大丈夫《だいじょうぶ》だよ。さあ、おうちに入ろう」

俺は、小屋のドアを開ける。ふわっと居間の暖気が俺とアッシュを包む。

「静かだ……」

ポツリと俺はつぶやく。

先ほどまでのにぎやかさが嘘《うそ》のようだ。心にふっとアレがやってきた。

寂《さび》しいという気持ち。恋人《こいびと》に会いたい。親友たちと馬鹿騒《ばかさわ》ぎをしたい。一人でいるのが嫌《いや》だ。

——俺は馬鹿だ。

一人の時間が何よりも大切？　はっ、笑わせる。誰《だれ》よりも寂しがり屋なのが、俺なんじゃないか。

「くそっ！」

俺は行き場のない気持ちを投げ捨てるかのように、バサリとベッドにマントを投げ捨てる。

ユリナさんは今頃《いまごろ》どうしているだろうか？　酔《よ》った男たちを上手《うま》くあしらうのは慣れているだろう。しかし、下心丸出しの野獣《やじゅう》どもが彼女の体をなめるように見ているところを想像すると、本気で耐《た》えられなくなる。むしろ、殺意すら湧《わ》いてくる。

俺は右手で頭をかきむしりながら、部屋の中を熊《くま》のように行ったりきたり、ウロウロする。

「彼女の仕事に口出しをするのはよくない。しかし……」

俺のよくわからないことをブツブツ言っている無様な姿を見て、アッシュが呆《あき》れたように、フンと鼻を鳴らす。

気がつけば、俺はベッドの上に投げ捨てたアッシュウルフのマントを再び身につけ、ユリナさんが働くであろうレスタの町へと、馬車を走らせていた。

k・143

「ハー」

俺はアッシュをマントの中に抱《だ》き、深く白い息を吐《は》く。

ユリナさんが乗った馬車の車輪跡《あと》は、降りしきる雪で既《すで》に消えている。町明かりだけが道しるべだ。ガタゴトと音を立て、雪道を馬車が進む。

道中ゴブリンが見えたが、こちらを追ってこなかったので、そのままスルーした。


……

二一：〇〇
しばらくすると、町の門が見えてくる。門衛に手を上げてから町の中に入った。

俺は、マルゴの店の厩《うまや》に馬車を止める。夜も遅《おそ》い。眠《ねむ》っているかもしれないので、あえて声をかけることもないだろう。

俺はアッシュを地面におろし、雑踏《ざっとう》を歩く。アッシュがトコトコ俺の後ろをついてきて、雪道に可愛《かわい》いスタンプをつける。

ユリナさんが働く店が見えた。なんだか勢いのまま来てしまったが、今になって恥ずかしくなってきた。しかし、ここまで来たのだ。ままよ。俺は店のドアを開けた。

――後から思う。俺の人生の中で一度だけ『賽は投げられた』という瞬間《しゅんかん》があるとすれば、まさしく今この瞬間がそれなのだろう。

テンパっていた俺は、その事実について露《つゆ》ほども頭を巡《めぐ》らすことはなかった。

……

カランカランと鳴るドアの音を聞きつけ、お姉さんに「イラッシャイマセ」とランカスタ語で声をかけられる。

店の中に入ると、野獣どもが俺の大切なユリナさんの身体《からだ》を、いやらしい目つきでジロジロ見ていた。俺は彼女に声をかけ、さりげなく野獣どもと、銀色のトレイを持つユリナさんの間に割って入る。やはり、こんなことだろうと思った。

ユリナさんは驚《おどろ》いていたものの、俺の仕草で気持ちを察してくれたのだろう。嬉しそうに俺の腕《うで》に飛びついてきた。

俺の足元で上を見上げて首をかしげるアッシュの可愛い仕草を見て、お姉さんたちが色めき立つ。何度かこの店に来ているうちに、アッシュは店のマスコットキャラクターのような存在になっていた。アッシュはバケツリレーのように、全員に抱っこされていた。しっぽが千切れるのではないかと思うくらいブンブンしているので、アッシュも嬉しいようだ。

俺は、いつもの定位置に座《すわ》る。ユリナさんは俺にくっついたまま。野獣どもが、怒《いか》りの視線を俺に向ける。

俺は、アイスの魔法《まほう》でロック用の丸い氷を作り、二つのグラスに入れる。ユリナさんが、この店にしか置いていない蒸留酒をグラスに少量そそぎ、ロックにしてカチンと乾杯《かんぱい》する。

『個体名：奥田圭吾《おくだけいご》は、アイスＬｖ２を取得しました』

お店のママが、俺に挨拶《あいさつ》に来た。見た目は空に城が浮《う》かぶアニメ映画に出てくる、イカツイ女海《かい》賊《ぞく》という感じだ。俺は丁寧《ていねい》に挨拶を返す。この人には逆らってはいけない。俺の本能。危険センサーが、敏感《びんかん》に反応した。

しばらくユリナさんと静かな時間を過ごしていると、店のドアが乱暴に開けられ、ゴロツキ風の男が五人、店の中にドカドカと入ってきた。

ｋ－144

ゴロツキ風の男五人は店内をぐるりと見渡《みわた》すと、スキンヘッドの男を先頭にツカツカと俺たちの方に歩いてきた。

ん？　よく見ると、このスキンヘッド、先だって美人局を仕掛けられた時に、俺がアフロ頭にした男じゃないか？　髪型《かみがた》がコロコロ変わる奴《やつ》だな。

「×△▼○○！」

コメカミに血管を浮き出しながら、何かを喚《わめ》くスキンヘッド。

焼け野原から文字通り不毛の大地になったら、それは怒《おこ》るよな。不憫《ふびん》に思った俺は、スキンヘッドに【エギルの回復ポーション：体力回復（大）、部位欠損修復】が入ったビンをスッと差し出し、飲めとジェスチャーをする。

ポーションを半信半疑で飲むスキンヘッド。すると、どうだろう。スキンヘッドの頭に淡《あわ》い光の粒子《りゅうし》が集まり、すっかり元通り。むしろ前より少し長めのモヒカンヘッドになっていた。

モヒカンヘッドについてきた、子分らしき四人の男たちが、モヒカンヘッドを指差して、全員でバンザイしている。良かった、良かった。さあ、これで一件落着だな。

俺は再び、ユリナさんとゆっくりお酒を楽しむことにする。

「×△×〇〇▼！」

俺を指差し、まだ何か言ってくるモヒカン親分。何だ。もう用はないだろう。

すると、なんということか。モヒカン親分はユリナさんの腕を強引《ごういん》に引っ張り、拉致《らち》しようとした。悲鳴を上げるユリナさん。

「何しやがる！」

「××〇〇！」

ママの正拳突《せいけんづ》きが、モヒカン親分のみぞおちに決まるのと、俺が放ったヘルファイアソードの火球が、モヒカンヘアーにヒットしたのは同時だった。

壁《かべ》に叩《たた》きつけられる、モヒカン炎上《えんじよう》親分。

俺は、急いでユリナさんに怪我《けが》がないか確認《かくにん》する。どうやら、大した怪我はないようだ。良かった。しかし、ユリナさんに危険が及《およ》ぶ以上、このお店で働かせるわけにはいかないと思った。俺はユリナさんに、ランカスタ語で「逃《に》げる」と言った。ユリナさんは悪戯《いたずら》っぽく笑って頷《うなず》いた。

俺はママに、ユリナさんをもらうとジェスチャーした。鬼《おに》のような形相になるママ。ゴロツキなどよりも、よほど怖《こわ》い。俺は金貨三〇〇枚が詰《つ》まった革袋《かわぶくろ》を懐《ふところ》から出し、ママに差し出す。

ママは渋面《じゆうめん》を崩《くず》さなかったが、仲良く手をつなぐ俺たちの姿を見て、「行きな」と言わんばかりに、フンッとアゴを出口のほうに向けた。ママに抱きついて「ありがとう」と言うユリナさん。ママが優《やさ》しい顔になり、キラリと目に涙《なみだ》が光る。

そんなことをしていると、ゴロツキたちが復活してきた。あまりにもママの存在が怖すぎて、奴らの存在を忘れていた。モヒカン炎上親分は無事鎮火《ちんか》されたようで、アフロ親分になっていた。本当にコロコロと髪型が変わる奴だ。

怒りの形相で、俺を睨《にら》むアフロ親分。そんなに睨むなよ。自業自得《じごう》じゃないか。

ママが再び鬼の形相で腕を組み、ゴロツキ五人と対峙《たいじ》する。

「アッシュ！」

「ワン！」

アッシュが、お姉さんのヒザの上からピョンと飛び降り、こちらへ駆《か》けてきた。

そうして俺は、ユリナさんの華奢《きやしや》な手を引いて店を飛び出したのだった。

k‐145

——手をつないだ二人と一匹《ぴき》が、白い息を吐きながら、雪がチラつく歓楽街《かんらくがい》の雑踏を足早に駆けていく。

最初は何だ何だと注目していた人たちも、やがて興味なさげに自分のお目当ての店に入っていく。

俺はユリナさんが寒そうにしていたので、肩《かた》にアッシュウルフのマントをかけてあげる。

後ろで店の木のドアがドカッと蹴破《けやぶ》られる音がした。アフロ親分、子分A、Bが出てくる。子分C、Dは、ママが何とかしてくれているようだ。ゴロツキどもは手に剣《けん》や斧《おの》などの得物《えもの》をもっている。

俺はユリナさんに隠《かく》れるよう合図をして、建物と建物の間の陰《かげ》に隠れてしゃがむ。アッシュにシーっとすると良い子にお座りした。

「アイス！」

雑踏の地面にある水溜《みずた》まりへ向け、魔力を込める。水溜まりがパキパキと音を立て、スケートリンクのようになる。俺は魔力がきれないように、デュアルポーション（中）を飲む。

そして、アフロ親分、子分A、Bがこちらに近づく。

「ウィンド!」

ビュオー!

「キャー!」

今度は歓楽街の客引きのお姉さんのスカートに手のひらを向け、ウィンドを放った。盛大にお姉さんのスカートがめくれる。悲鳴をあげるお姉さん。

アフロ親分、子分A、子分Bが全力疾走《しっそう》しつつ、首をグリンと九〇度回し、お姉さんのパンティを凝視《ぎょうし》した。デローンとのびる鼻の下。

そして、ゴロツキ三人は、俺が凍《こお》らせた摩擦抵抗《まさつていこう》ゼロのツルツルの地面に、不用意に足をつけた。

バキッ!

ふんばりがきかず、見事にひっくり返り地面に後頭部を打つゴロツキ三人。全力疾走していただけに、凄《すご》い音がした。ゴロツキ三人は白目を剥《む》き、ピクリとも動かない。死んでないよな?

『個体名：奥田圭吾は、ウインドＬｖ４を取得しました』

「いてっ」

ユリナさんが、ほっぺたをプクっと膨らませ、俺の腕をつねった。どうやら、スカートめくりをしたのがお気に召《め》さなかったようだ。俺は、右手で後頭部をかきながら、「ゴメン」と謝《あやま》る。

俺は、気絶するゴロツキ三人から斧や剣などの物騒《ぶっそう》な武器を回収し、ユリナさん、アッシュとともに、足早に馬車へと急いだ。

……

二人と一匹は、馬車に乗り込む。もう大丈夫だろう。

馬車の上は寒い。俺は荷台に座るユリナさんにレッドグリズリーの掛け布団をかけてあげる。するとユリナさんは御者台《ぎょしゃ》に座る俺の右隣《みぎどなり》に座り、掛け布団の左端《ひだりはし》を俺の方に回した。ユリナさんが、俺の肩に頭をのせる。身も心も温かくなる。

アッシュが「僕《ぼく》も！」とばかりに荷台の上でフンフンと鼻を鳴らしたので、抱っこする。

しばらく俺とユリナさんは、お互《たが》い無言で町の門まで馬車を進めた。門衛のオジサンがニヤニヤしながら親指を立てて、「ガンバレ」のジェスチャーをしている。いつもなら、気にしてしまうところだが、なぜだろう。全く気にならない。

　ガタゴトと進む馬車の上、俺とユリナさんはしばらく無言で見つめ合う。それから俺たちは長く甘《あま》い口づけを交《か》わした。


……


帰り道。既に雪は止《や》んでいた。

辺り一面の銀世界の中、満天の星と蒼《あお》く大きな満月が輝《かがや》いている。

ブルーウルフたちが、蒼い満月に向かって一斉《いっせい》に遠吠《とおぼ》えをしていた。

——俺にはその遠吠えが、町から逃走《とうそう》した俺たちを、まるで祝福しているかのように思えた。

k-146

「辛《つら》いなら止めても良いんだよ。逃げたいなら逃げてもいいんだよ。私は泣くかもしれないけど、それでもあなたのことを愛しているわ」

彼女は俺に、そう言った。俺は、こんな人がいるのかと思った。

彼女は俺の気持ちなんて全《すべ》てお見通しで。人間嫌《ぎら》いな俺の性格なんて全部わかった上で、全部込みで俺のことを受け入れてくれた。逃げ道を用意してくれた。

彼女は俺の全てになった。まるで、神様が俺に与《あた》えた奇跡《きせき》だと思った。こんな人に、俺は出会ったことがない。彼女を泣かせないために、俺にできることは紙に書いて気持ちを整理することくらいしかできない。

いつ、また独りになりたい、放《ほう》っておいてほしいという衝動《しょうどう》に駆られないとも限らないが、彼女と俺との関係値においては、もう絶対に大丈夫だという確信があった。


――彼女は凄い人だ。


孤独《こどく》を感じるような、辛い夜。俺はきっと彼女に抱きしめられて、圧倒《あっとう》的な多幸感の中、安心して夢の中に誘《いざな》われるだろう。

俺はもう、彼女なしでは生きられない。彼女が死ぬ前に必ず自分が盾《たて》となって自分が犠牲《ぎせい》になる。そうすれば、彼女は生き残る。そんなことを言うと彼女は怒るかもしれないが、絶対にその方が良い。彼女は悲しいで済むかもしれないけど、彼女がいないと俺はきっと死んでしまう。俺にとって、愛するとはそういうことなのかもしれない。

俺は料理が得意だ。この世界で沢山《たくさん》料理をしてきた。美味《おい》しい料理を、沢山彼女に食べさせてあげたい。彼女の笑顔《えがお》が見たい。俺の人生の全ては、彼女のものだ。俺は彼女が笑顔を絶やさないように、今日も美味しい料理を作ろうと思う。

彼女は編み物が好きだ。俺は部屋を暖かにするために、今日も薪《まき》を割る。俺が書き物をしている間、彼女は編み物をする。ゆっくりと流れるこの時間は、俺と彼女にとってかけがえのない時間だ。彼女は若く美人だ。それでも俺は、お互いこのまま年をとって、おじいちゃん、おばあちゃんになっても、毎日彼女に愛していると言っているはずだという確信があった。

——だから俺たちはもう、きっと大丈夫。二人で生きて死ぬ。ただそれだけのこと。

k - 147

パチパチと薪が爆《は》ぜる音だけが響《ひび》く、夕暮れ時。

俺は自分の思考言語である日本語でしたためた文章を鑑定《かんてい》し、ランカスタ語で書き直す。まるでミミズがのたくったような、アラビア文字かと突っ込みたくなる難解さだ。もっとも、最近では書き写すことには慣れてきた。

手紙を書き終えた俺は、ユリナさんを見る。

彼女は静かに椅子《いす》に座り、編み物をしている。縦長に編んでいるので、マフラーか何かだろうか。先ほどそれは何かと聞いてみたが、唇《くちびる》に人差し指をやり、秘密のジェスチャーをされた。正直に言おう。可愛い。

俺はユリナさんに、声をかける。そして、まるでラブレターを手渡《てわた》すように書き終えた手紙を渡す。いや、まさしくラブレターそのものだと渡してから気が付いた。こんなに近くにいるのに、まるで遠く離《はな》れた異国の恋人と文通している気分だ。

俺とユリナさんは思考言語が違《ちが》うので、口頭やジェスチャーでのコミュニケーションには限界がある。ただし、唯一《ゆいいつ》齟齬《そご》なく意思を伝達できる手段があった。それは、文字を鑑定によって翻訳《ほんやく》し、文章にすることである。きちんと伝えたいことは文章にする。これが、俺たち二人の間の決めごとだ。

文章に、何度も何度も目を通すユリナさん。彼女の目に涙がにじんできて、やがて雫《しずく》となって落ちる。いかん。笑顔にするつもりだったのに、泣かせてどうする。

彼女は手紙を大事そうにポケットにしまうと、俺に抱きついてきた。俺も彼女の肩に手を回す。彼女が潤《うる》んだ瞳《ひとみ》で俺を見上げる。

そして、何度目になるだろう。俺はそっと、彼女の唇に自分の唇を重ねた。

……

俺は、手紙に書いた約束を守ることにした。

手紙には、彼女の笑顔が見たいから、美味しい料理を作ると書いた。献立《こんだて》は、ブルーウルフたちからの頂き物である、シカ肉を使った料理だ。シカ刺《さ》しとステーキを作った。もう一品欲《ほ》しいところだ。チーズ明太《めんたい》玉子焼きでも作るか。

俺は、足元でウロチョロするアッシュにシカ刺しを食べさせながら、ユリナさんと一緒に料理をした。

今日は肉料理だから、ミランの果実酒にしよう。俺とユリナさんはミランの果実酒をチビチビとやりながら、料理をした。

我慢《がまん》できずに、お互いシカ刺しをアーンと食べさせ、笑い合った。なぜか、いつものシカ刺しより四倍は美味《うま》く感じられた。

――こんな日常が、世捨て人のような俺に突然《とつぜん》舞《ま》い込む日が来るとは思わなかった。幸せで、甘《かん》美《び》な日々だった。

k - 148

幸せな二人と一匹の食事の後、俺は一人暖炉《だんろ》の前でテーブルに頬杖《ほおづえ》をつき、物思いに耽《ふけ》る。ユリナさんとアッシュは、お腹《なか》がいっぱいになったのか、既にベッドで夢の中だ。

――みなさんは、ハネムーンという言葉の意味や由来をご存じだろうか。

直訳すれば『蜜月《みつげつ》』だが、結婚《けっこん》してからの一ヶ月間を意味している。新婚の甘美に満ちた生活と、甘美な生活も満月のようにすぐに欠けてしまう、というのがその言葉の由来だそうだ。

幸せすぎて俺は今、淡い夢の中にいるかのごとき存在なのではないかと思えてくる。

ユリナさんと過ごす蜜のように甘い日々。この月の蒼い美しい世界も、全て俺の妄想《もうそう》なのではないか、と。

俺が見ている蒼い満月は、日本で見てきた月とは全く異なる。満月が欠けてしまうどころか、かき消えて、俺の見上げる月だけが日本の見慣れたものにならないと、どうして言い切れるだろう。


――俺はこの世界においてイレギュラー因子にすぎない。


根本的に俺は、この世界の住人ではないのだ。俺は、この世界ではパラパラ漫画《まんが》にある余計な絵。押《お》しては返す波のように。メトロノームが、右でとまったままにならないように。本来あるべき場所に戻《もど》るというのが、物理法則の原則なのではないだろうか。

ある日突然目が覚め、俺だけが日本に戻っていたとしたら。ある日突然、ユリナさんやアッシュと離れ離れになってしまったら。きっと、俺の心は壊《こわ》れるだろう。

ベッドで先に眠る彼女には不安を与えるだけなので、俺のこの仮説に気づかれるわけにはいかない。

俺は、ベッドで寝息《ねいき》を立てる彼女の可愛い寝顔を見て、不安に駆られていた自分を何とか立て直す。そんな心配はないさ、と思い直す。そうさ、俺たちはきっと大丈夫。この甘美な生活が俺と彼女にとってのリアルなのだ。

眠らなくては。彼女と一緒なら、きっと眠れるはず。

俺は、テーブル上にあるランタンの明かりを静かに消す。

それから、彼女が寝息を立てるベッドに潜《もぐ》り込む。彼女のふわふわの柔《やわ》らかな髪《かみ》を撫《な》でる。

彼女の微《かす》かに甘く香《かお》る匂《にお》いに安心した俺は、いつしか夢の世界に誘われていた。

ジョニー1

俺の名は、ジョニー。

町の歓楽街で、細々とマフィアを稼業《かぎょう》としている。慕《した》ってくれている子分もいる。

今日も、俺のモヒカンはキマってる。

マイクシを片手に鏡を見て、俺はウットリする。子分たちに髪型をほめられるのが、何よりの快感だ。


……


あるとき、やんごとなき方から依頼《いらい》を受けた。

依頼人は、白髪《はくはつ》の背筋のピンとのびた老紳士《しんし》だった。立ち居振《ふ》る舞いが只者《ただもの》ではない。金貨をたんまりと受け取った俺たち『ジョニーと七人の悪魔《あくま》』は、依頼を受けることにした。

なお、子分を含《ふく》め構成員が五人しかいないことは秘密だ。

まず、俺の息がかかった歓楽街の女どもに依頼金を渡す。ケイゴオクダという町外れに住む男の元へ、女どもを乗り込ませる。そこで、「俺の女に手を出しやがったな」と俺が乗り込み、依頼主からの指示であるポーションを奪う。その次に、絶対に払《はら》えない金銭を要求し、ケイゴオクダを拉致監禁《かんきん》する。ケイゴオクダの身柄《みがら》を依頼主に渡して、依頼完了《かんりょう》だ。何とも簡単な仕事だ。

ポーションを作っている男だと？　ふん。そんなヤサ男など俺一人でコテンパンにしてやる。俺は馬車に女どもを乗せ、ケイゴオクダとやらの家に向かった。

ククク。美女が三人も迫《せま》ってきて、自制できる男などいまい。女とお楽しみ中のときほど、無防備になる瞬間はない。これは、楽勝のミッションになると決まったようなものだ。

俺は、ケイゴオクダの家から少し離れた位置で待機する。女どもには、ここから少し歩いてもらう。ケイゴオクダに接触《せっしょく》する前に、セクシーな薄着《うすぎ》になるように指示した。

ククク……。


……


丁度良い頃合《ころあい》だろう。

俺は馬車を木につなぎ、ケイゴオクダの家に近づく。すると、男の叫《さけ》び声が聞こえてきた。どうやら、お楽しみ中のようだ。踏《ふ》み込むなら今しかない。

俺は、女どもがあえて開けておいた門から、石塀《いしべい》の中に侵入《しんにゅう》する。寝室《しんしつ》から、ドッスンバッタンと音が聞こえる。あそこだな。ククク……、馬鹿め。


ドンドンドン！


俺は、勢いよくドアを叩く。すると、男が裸同然《はだかどうぜん》になっている女三人に、もみくちゃにされながらも、剣を抜《ぬ》いていた。

クッ、計算が狂《くる》ったか。しかし、負けちゃあいられねえ。

俺も負けじと、後ずさりながらスルリと剣を抜く。

「俺の女に手を出しやがって！　わかってんのか、コラ！　死にたくなければ、ポーションと金を出しやがれ！」

首をかしげる男。しらばっくれる気か！

俺は、ポーションのジェスチャーをする。すると、何かを納得《なっとく》したのか、剣を俺に向け外に出てくる男。

すると男は、少し離れたところで剣を一閃《いっせん》。俺のゴキゲンなモヒカンヘアーに火の玉が直撃《ちょくげき》した。

炎上する俺のモヒカンヘアー。

「アヘアー！！！」

俺はあまりの熱さに、転げまわる。そして、その辺に無造作に置いてある、水の入った桶《おけ》に頭を突っ込んだ。

シュ――――

俺の頭から煙《けむり》が上がる。こんな話聞いてねえぞ、あのジジイ！

「お、おぼえてろ！」

――俺は、脱兎《だつと》のごとく逃げ出したのだった。

ジョニー2

「「「あ、あにき……」」」

アジトに逃げ帰った俺を迎《むか》え入れた子分たちが、俺の頭を指差し絶句した。

俺の頭がどうかしたのか？　そして、俺も鏡を見て絶句する。ポトリとマイクシを落とす。

――俺の頭が、チリチリのアフロになっていた。

俺は泣く泣く、焼け野原と化した頭を剃《そ》った。頭は火傷《やけど》をしていて、毛根も絶滅《ぜつめつ》している。俺は慟哭《どうこく》した。子分たちも、ションボリしている。

ちょうどその時、俺たちのアジトに依頼主の老紳士が入ってきた。俺の頭を見るなり。

「状況《じょうきょう》はあまり芳《かんば》しくないようですねぇ」

抱き合ってブルブルふるえる子分たち。

「はっ！　申し訳ございません！　ケイゴオクダが想像以上に手強《てごわ》く」

「言い訳は不要です。そうですね……。彼《かれ》には、歓楽街で働くユリナという恋人がいます。次は彼女を攫《さら》ってきてください。いいですね。二度と失敗は、許されませんよ」

「はっ！　もちろんであります！」

俺と子分たちは歓楽街の開店時間まで待って、ユリナという女が働く店に出向くことにした。

……

俺たちは、乱暴にドアを開けた。

店の中を見渡すと、ケイゴオクダが居やがった。隣《となり》に座って、イチャついているのがユリナだろう。俺はそれを見て、キレる。

「おいてめえ、このタコ。この落とし前、どうつけてくれるんだゴラァ！」

ケイゴオクダはチラリと俺の頭を見て、哀《あわ》れみの表情になった。そしてマントから何かを取り出し俺に渡してきた。ビンに入った液体のようだ。

ケイゴオクダは、その液体を飲む仕草をする。


――こ、これは、まさか！


俺は、急いで液体を飲み干す。すると……。

「あ、あにき！　頭が！」

子分たちがざわつく。そして、手鏡を俺の前に差し出す。なんと俺のモヒカンヘアーが復活していた！

「「「あーにきー！　バンザーイ」」」

バンザイをする子分たち。俺の目に、キラリと涙が光る。

俺はマイクシを右手に握《にぎ》り締《し》め、モヒカンをセット。今日のモヒカンはさらにキマってる。

しかし、用は終わっちゃいねえ。俺はマイクシをケイゴオクダに突きつける。

「その女は、もらっていくぜ！」

俺はビシっとセリフをキメる。

そして、俺はユリナの手を引っ張った。

「やめて！　痛い！」

悲鳴を上げるユリナ。

その次の瞬間、俺のみぞおちに、この店のママの正拳突きがキマる。そして、再び頭が炎上するのは同時だった。

「ぐふぉっ！」

俺は後方に吹《ふ》き飛ばされ、壁に叩きつけられる。あまりの熱さと痛みに悶絶《もんぜつ》していると、子分たちが、水差しの水を頭にぶっかけてくれた。

シュ――――

俺の頭から煙が上がる。ようやく立ち上がった俺は、スラリと剣を抜き、ケイゴオクダを睨みつける。

すると、店のママが俺たちとケイゴオクダの間に割って入った。

「ここは通さないよ？　あんたたち、行きな」

仲良く手をつなぎ逃げだす、ケイゴとユリナ。

俺は子分二人が、ママにボコボコにされている間に、残りの子分二人を連れてケイゴオクダとユリナを追うことにした。

……

俺たちは店のドアを蹴破り、外に出た。

「どこ行きやがった！　あのタコ野郎《やろう》！」

俺たちは、ケイゴの家の方向である正門の方に向けて、全力疾走した。

「キャ――――――！」

歓楽街の色っぽいお姉さんのスカートが、盛大にめくれた。

俺と子分たちはグリンと首を九〇度回し、吸い寄せられるように、お姉さんのパンティを凝視してしまう。くっ……。これが男の悲しい性《さが》なのか。奴らを追わないといけないとわかっているのに、凝視せずにはいられない。

すると、偶然《ぐうぜん》凍っていた地面に足をつけてしまった。足を滑《すべ》らせた俺たちは、空中に体を投げ出された。


――視界が夜空に向いたと思った次の瞬間、俺の意識はブラックアウトしていた。

k・149

翌朝、ユリナさんが料理をしている間、俺は家畜《かちく》の世話と鍛錬《たんれん》を行う。

そうしていると、ユリナさんの荷物をもって、マルゴとサラサがやってきた。

ユリナさんが働いていた店のママが、マルゴとサラサに預けてくれていたらしい。

俺とマルゴは、重い木製のクローゼットを、寝室兼居間に運びこんだ。

さて、今日はマルゴとサラサへの御礼《おれい》も兼《か》ねて、料理に腕《うで》をふるうか。


……


それから俺は、川に釣《つ》りに行くことにした。

この間の、チーズ明太玉子焼きの味が忘れられなかったらしい。マルゴとサラサから、作るようにせがまれた。しかし、材料の魚卵がないから、捕《と》ってこないといけないというわけだ。

俺は装備を整え、釣り道具をもって川へ行くことにした。

留守番《るすばん》をマルゴ、サラサ、ユリナさんに任せることにした。

モヒカン野郎のような輩《やから》の襲撃《しゅうげき》がないとは限らないので、女性だけを残しておくわけにはいかない。アッシュもユリナさんに抱っこされ、お留守番だ。

一〇：三〇
俺はユリナさんと行ってきますのキスをした後、雪原を川の方に向かって馬車をゆっくりと走らせた。

k - 150

家を後にした俺は、雪道の中、馬車を川方向へ向けゆっくりと走らせる。

川に到着《とうちゃく》すると、何かが倒《たお》れている。

マーマンが、穴だらけになって死体となっている。俺は不穏《ふおん》なものを感じ、警戒《けいかい》レベルを一段階上げる。装備を再確認。弓矢と剣が二本、防具にもぬかりはない。

俺は馬車を止めると、盾を構えフォートレスを発動。マーマンに近づき様子を見る。やはり何か針のようなものが貫通《かんつう》したようだ。

ドガッ！

すると突然、盾に何かがぶつかってきた。下にデカい針のようなものが転がっている。

水面からザパっと、巨大《きょだい》な影二体が現れる。それは、ウニだった。しかし、サイズがおかしい。俺は、鑑定をしてみる。

【ジャイアントアーチン：巨大な棘《きょく》皮《ひ》動物モンスター。針を飛ばして攻撃《こうげき》をする。弱点は雷《かみなり》属性。サーペントが天敵】

食物連鎖《れんさ》としては、あの巨大蛇《へび》の下位に位置するようだ。ここのところ、ギルドで討伐《とうばつ》したり、俺が狩《か》ったりしたため、生態系が崩れたのだろうか。

俺は、盾を構えつつ、ウルヴァリンサンダーソードを抜く。

注意深く敵を観察する。針は大体三秒に一回飛んでくる。俺はタイミングを見計らい、斜《なな》めに走り近づく。

ドスッ！　バリバリバリ。

俺は、若干《じゃっかん》前に位置する巨大ウニに近づき剣を突き刺した。

一旦距離《いったんきょり》をとり、同じ要領で二体目も倒す。

『個体名：奥田圭吾は、Ｌｖ17になりました。体力36→38、魔力26→28、気力30→32、力40→42、知能82→83、器用さ40→43、素早《すばや》さ40→41』


……


俺は、倒したウニを割って中身を鑑定してみる。

【ジャイアントアーチンの卵巣：超絶《ちょうぜつ》美味】

俺はその超絶美味とやらを一口食べてみる。

パク……。トロ……。ドドーン。

俺の背後に雷光《らいこう》が轟《とどろ》いた。

一級品である利尻昆布《りしりこんぶ》を食し美味しく育った、これまた一級品の利尻産ムラサキウニも真っ青の美味さだった。それがこの大きさ。それは、サーペントも夢中になって食べるというものだ。

今日はウニ料理だな。三人と一匹の喜ぶ顔が浮かぶ。釣りをして、魚卵を得るつもりだったが、予定変更《へんこう》だ。


――俺は巨大ウニをトゲに気をつけながら荷馬車の荷台に載せ、帰路についた。

k - 151

夕刻。家に着いた俺の元に、アッシュがふっとんできた。世界一可愛い。

出迎《でむか》えてくれたマルゴ、サラサ、ユリナさんの三人はジャイアントアーチン、もとい巨大ウニを運んできた俺に首を傾《かし》げている。この世界には、ウニを食べる風習はないのだろう。よくよく考えれば、こんなグロテスクな生物を誰が食べようと思うのか。最初にウニを食べた先人たちは、偉大《いだい》だと思わずにはいられない。

さて、今日はゆっくりウニ料理でも作りますか。俺は戦闘《せんとう》で疲《つか》れた体を癒《い》やすべく、ドラム缶風《かんぶ》呂《ろ》を沸《わ》かす傍《かたわ》ら、料理をすることにする。

まずは、ウニ料理といえば生ウニだな。前に店でグラスの中に塩水と一緒に入れて出された生ウニは、見た目にもオシャレだったし絶品だった。その出し方をしよう。

俺はグラスを用意し、塩水の中に生ウニを入れていく。氷を入れたほうが冷えて美味いだろうから、アイスの魔法で作った氷も一緒に入れる。

それを、居間のテーブルの上に置く。

スプーンで生ウニをすくって口にしたマルゴ、サラサ、ユリナさんが固まる。そして、すごい勢いで生ウニを食べ、俺にズズイと塩水だけになったグラスを無言で差し出す、サラサ。口に食べかすがついていて、せっかくの美人が台無しだぞ。

俺は生ウニのおかわりを用意した後、暖炉の焚《た》き火で生ウニのふわとろオムレツを作ることにする。ハーブ鶏《どり》の卵に生ウニ、チーズを混ぜ込み、フライパンでふわとろに仕上げる。塩で味付けをするほか、隠し味にバルゴの果実酒を少々。最後に生ウニをのっけて完成だ。

それをアッシュの分も含め、五皿。濃厚《のうこう》な香りが部屋中に漂《ただよ》い、アッシュの毛がよだれでベトベトになっている。あとで一緒にお風呂に入って、キレイキレイしような。

「アイス」

カランと音を立て、グラスに氷を入れる。グラスにはユリナさんが蒸留酒をついでくれた。この蒸留酒は、ママがユリナさんと俺にと、マルゴたちに持たせてくれたものだ。

それをチビチビやりながら、俺は生ウニのふわとろオムレツを作った。

マルゴ、サラサ、ユリナさんの反応は、なんと全員が料理を食べながら号泣《ごうきゅう》していた。こいつら……。酒がまわっているのではないだろうか。

……

料理作りもキリの良いところで、俺はドラム缶風呂に入ることにする。

あれだけ喜んでくれるなら、料理の作り甲斐《がい》もあるというものだ。

俺は蒸留酒のロックを片手に、タオルを頭の上にのっけてドラム缶風呂につかる。ふー。アッシュはお風呂の中で楽しそうに犬かきをしている。

「最高だな」

湯煙《ゆけむり》が漂う中、俺は思わずため息をつく。今日は雲ひとつない、冬の透《す》き通った空気の中の満天の星だった。

ふと、人影《ひとかげ》が近づくのが見えた。湯煙でよく見えない。マルゴあたりが、オムレツの催促《さいそく》にでも来たか？

「ケイゴ……」

「ガハッ！　ゲホゲホ……」

しかし、人影が誰かがわかると、俺は驚きのあまり気管に蒸留酒が流れ込み、盛大にせき込んだ。

ユリナさんが裸《はだか》にタオルという格好《かっこう》でドラム缶風呂に入ってきたのだ。

俺は恥ずかしさのあまり、くるりと後ろを向く。俺の反応を見て急に恥ずかしくなったのか、ユリナさんも俺に背を向ける。あ、ユリナさんの肩と俺の肩が触《ふ》れた。絹のようななめらかな柔肌《やわはだ》だった。

ドラム缶風呂の中で、背中合わせのまま硬直《こうちょく》し顔を真っ赤にする二人。

誰の差し金だ、バカヤロー。本命サラサ、大穴マルゴ。

まるで呆れたように、アッシュがピョンとドラム缶風呂から飛び出した。そしてぶるぶると体をふるわせて、水と毛をあたりにまき散らす。

これ以上は、色々な意味で無理だ。アッシュのおかげで絶好の機会を得た俺は、ユリナさんに「先に上がるね」とジェスチャーして、アッシュを抱っこし、その場から離脱《りだつ》することに成功したのだった。

k - 152

ユリナさんより先にドラム缶風呂から上がり、タオルで自分とアッシュの体を拭《ふ》く。着替《きが》えた俺は、アッシュを抱っこして居間に戻った。俺には、後ろでお風呂につかるユリナさんの表情を窺《うかが》う心の余裕《よゆう》はない。

すっかり顔がほてり、顔を真っ赤にして居間に入ってきた俺を見て、サラサがニヤニヤしている。お前の仕業《しわざ》か!

「ウィンド」

ヒュオー

俺は暖炉の前で、自分の頭とアッシュの濡《ぬ》れた体をウィンドで乾《かわ》かす。冬は特に、風邪《かぜ》をひかないように頭を乾かすことが大切だ。

ヒュオオオオオ

その時、ガチャリと小屋のドアが開き、寒い雪風と一緒にお風呂上がりのユリナさんが居間の中に入ってきた。

ユリナさんのほっぺたが、盛大に膨《ふく》らんでいる。俺は彼女と目が合った瞬間、背後に青い高温度の炎《ほのお》のゆらめきを幻視《げんし》した。ひょっとして、お風呂に一人残したことを怒ってらっしゃる？

俺は手紙に「キレイだよユリナさん」と書いて彼女に見せる。背後の炎が青色から赤色に変化し、ほっぺたの膨らみが若干小さくなった。

駄目押《だめお》しに俺は、「大好きだ、愛しているよユリナさん。さっきは逃げたりしてごめんね」と書いた手紙を彼女に見せる。背後の炎は完全に鎮火し、ようやく彼女に笑顔が戻る。俺の腕に自分の腕を絡《から》ませ、「私の髪も乾かして」とジェスチャー。俺は、彼女の髪を優しくなで、ウインドの魔法で乾かしてあげた。

もっとも、俺たちのそうしたやりとりの一部始終を、生温かい目で見るマルゴとサラサには一言物申したい気分ではあった。マルゴとサラサにもドラム缶風呂をすすめると、二人は夫婦仲良く入っていた。

……

生ウニはまだまだ残っていた。俺的に、この世界に来てから最高の美味であると言っても過言ではない食べ物を肴《さかな》に、宴会《えんかい》は夜遅《おそ》くまで続いたのだった。

k‐153

生ウニの衝撃《しょうげき》が駆け抜けた宴会の後、皆《みな》が酔いつぶれて倒れるように眠る中、俺は暖炉の前で文章を書いていた。カリカリと紙にペンを走らせる音。インクの何とも言えない匂いが俺は好きだ。

この不思議な世界に来た当初は、布団で眠れるようになっただけで幸せだった。アッシュが俺といてくれるようになって、さらに幸せを感じた。

今ではありえないことに、俺に最愛の彼女ができた。俺のとばっちりを受けて害が及んだ彼女を、俺は町から連れ去った。その瞬間、俺は確かに漫画のヒーローみたいになった。

漫画のヒーローになった俺には、守るものができた。

今度こそ正真正銘《しょうめい》、本当に大切なものだ。もう一匹狼《いつぴきおおかみ》を気取ってはいられない。ヒーローはヒロインを守らなくてはいけない、と相場は決まっている。

敵はおそらく、あのハイリッヒとかいう貴族だろう。この家は気に入っているが、彼女に害が及ぶ可能性があるとなると話は変わってくる。

金はたんまりある。家畜の鶏《にわとり》をサラサに預け、馬車で長い長い新婚旅行とシャレこむのもありかもしれない。

俺はもう一人じゃない。明日、目が覚めたら三人に相談してみよう。

第六章　誓い、そして別れ

shousyaman no isekai survival

k - 154

翌朝。

俺《おれ》は昨晩書き、翻訳《ほんやく》した手紙をユリナさん、マルゴ、サラサの順番に見せる。

ユリナさんは嬉《うれ》しそうに、マルゴは難しい顔でヒゲをジェリジョリして、サラサは悲しそうに目を伏《ふ》せていた。

俺たちは大事な話なので、テーブルを囲んで座《すわ》り、ジェスチャーと筆談を交えて話し合った。バイエルンさんの右腕《みぎうで》をポーションで治療《ちりょう》したこと。ゴロツキに襲《おそ》われ、ユリナさんが攫《さら》われそうになったこと。おそらくゴロツキはバイエルンの息子《むすこ》、ハインリッヒの差し金であること。全《すべ》てを包み隠《かく》さず話した。

そうして出た結論は、俺と同じものだった。権力者である貴族が本気になったら、おそらく抵抗《ていこう》する間もなく、捕《と》らえられてしまうだろう。

つまり、俺とユリナさんはこの家から出て、馬車で逃避行《とうひこう》の旅に出るのがベストだということだった。サラサは「そんなの駄目《だめ》！」と悲鳴を上げていたが、マルゴに諭《さと》されていた。

マルゴは俺に、周辺地域の地図を渡《わた》してくれた。今まで俺には全く不要なものだったが、これからは逃亡《とうぼう》生活に入るのだ。俺はマルゴに感謝した。地図のタイトルを読むと『ランカスタ王国地図』と書いてある。

「ケイゴ。俺は必ず、ジュノやエルザと一緒《いっしょ》にハインリッヒの野郎《やろう》を打倒《だとう》する。そうしたら、必ず迎《むか》えに行く。それまで、ユリナさんとの旅行を楽しんできてくれ。俺たちに任せろ」

――マルゴはいつもの陽気な笑《え》みを浮《う》かべて、紙にそう書いて俺に寄越《よこ》した。

鶏《にわとり》は、サラサの知り合いの農家に預けることにした。この小屋は、モンスター討伐《とうばつ》に出かけることの多いジュノに預ければいい。喜んで使ってくれるだろう。

家を出るなら急いだ方が良いということで、俺とユリナさんは荷物を荷馬車にまとめることにした。マルゴとサラサは、せめて別れだけでもと、ジュノとエルザを呼びにレスタの町へ戻《もど》っていった。

……

荷造りを終えた俺は、畑からとある一輪の花を摘《つ》む。雪をかぶっていたので、俺は優《やさ》しく手ではらう。

俺は背中にその花を隠し、ユリナさんの前で片膝《かたひざ》を地面につけ、彼女《かのじょ》に下からスッとその花を差し出す。

——それは、ユリファの花だった。

そして俺は、サラサからだったろうか、どこかで聞きかじった、この世界でのプロポーズの『決まり文句』を、彼女の目を見つめながら紡《つむ》ぎだした。

——あなたを生涯《しょうがい》愛します。私の大地となってください。

上手《うま》く言えては……、きっといなかったと思う。

それでも彼女の目にはみるみる涙《なみだ》があふれ、返事をしてくれた。

——私もあなたを生涯愛します。私の太陽となって、大地を照らしてください。

そうして俺たちは、永遠を誓うキスをした。逃避行前の二人だけの結婚式《けっこんしき》だ。神父役はアッシュ。ずいぶんと可愛《かわい》い神父さんだ。アッシュは俺たちを見上げながら可愛い遠吠《とおぼ》えをする。すると、遠くでブルーウルフたちが次々と祝福の遠吠えをあげた。

――俺は、その遠吠えを聞いて、不思議と勇気が湧《わ》いてくる感覚を覚えた。

……

俺とユリナさんはアッシュを抱《だ》っこして、荷造りの済んだ馬車に乗り込《こ》む。

積荷は金貨三〇〇〇枚以上、薪《まき》、布団《ふとん》、衣類、歯ブラシなどの生活雑貨、椅子《いす》二つ、木のテーブル、干し肉、果物、酒、水などの飲料。ウォーターボードのついたドラム缶《かん》。砥石《といし》や素材などの鍛《か》冶《じ》道具も積んだ。

とりあえずレスタを迂回《うかい》して、北のタイラントに向かおうと思う。そこで、幌馬車《ほろばしゃ》を手に入れよう。そうすれば、幌馬車の中に布団を敷《し》いて快適に野宿ができるはずだ。

そんなことを考えていると、ジュノ、エルザを馬車に乗せ、マルゴとサラサが戻ってきた。レスタの町にはもう戻ることはできないだろう。マルゴは貴族を打倒すると言っていたが、正直それを果たせる可能性は、低いと思う。きっと、もう会うことは叶《かな》わない。

――そう思うと、俺の目頭《めがしら》はジーンと熱くなった。

俺は、荷造りの合間をみてしたためた別れの手紙をマルゴ、ジュノ、サラサ、エルザの順番に手《て》渡《わた》し、抱き合って別れを惜《お》しんだ。別れに涙は不要とわかっていても、涙が止まらない。

マルゴとジュノは仏頂面《ぶっちょうづら》をしながらも、上を向いて涙をこらえている。サラサ、エルザ、ユリナさんは抱き合って泣いていた。

このままでは、家を出ることはできない。

俺は赤く目を腫《は》らしたユリナさんの手を引いて、再び荷馬車に乗り込む。サラサがアッシュを抱きしめて別れを惜しんでいたが、マルゴがそっとアッシュをサラサから引き離《はな》し、俺に渡してくれた。サラサが泣き崩《くず》れた。

――これ以上、ここにいては駄目だ。どんどん辛《つら》くなるだけだ。

俺は、四人に「行って来る」と何でもない風に軽く手を上げた。

ロシナンテ（馬）がヒヒーンと鳴き、カッポカッポとゆっくりと歩みを進める。ユリナさんが荷台から、四人に大きく手を振《ふ》る。俺は、あえて涙をこらえて前を向く。

泣いている場合じゃない。

俺は何としてもユリナさんを守り抜《ぬ》かなきゃならない。今にも、ハインリッヒの私兵どもが大挙して、俺とユリナさんを取り囲むかもしれない。

――しっかりしろ、俺。

それでも俺は、涙で景色が歪《ゆが》むのを止められなかった。

ハインリッヒ7

「ジル、これはいったいどういうことだ！」

私は、報告書に目を通した後、机にバサリと報告書を叩《たた》きつけながら激高する。二度の作戦失敗。しかもなんだ、この絵に描《か》いたような顚末《てんまつ》は。

「はっ！　全てはこのジルの責任。本当に申し訳ありませぬ」

ゼラリオン教の教義に倣《なら》い、左手を胸に当て謝罪の意を示すジル。

「謝罪はいらん。結果を出せ」

「ケイゴオクダという人物。どうやら、ただならぬ者のよう。こうなりますれば、このジルが自ら兵をかき集め、かの者を捕らえてごらんに入れましょう」

「御託《ごたく》は良い。さっさとやれ」

「はっ！」

――ジルはチリーンと鈴《すず》を鳴らし、メイドを呼ぶ。

「メイド。兵長を執務室《しつむしつ》に呼べ。兵をかき集めるように伝達せよ」

「かしこまりましてございます」

「さて旦那《だんな》さま。わたくしめは、兵を五〇人ほど集めて行って参ります。今日中に旦那さまの前にケイゴオクダとユリナを縛《しば》り上げ、この場に座らせてみせましょう。ご期待あれ」

そう言うと、ジルは私の部屋を颯爽《さっそう》と後にした。

フフフ。ケイゴオクダも、今日が年貢《ねんぐ》の納め時のようだな。ケイゴオクダが部位欠損修復ポーションを作らざるを得ないように、恋人《こいびと》のユリナも人質《ひとじち》にとる。拷問《ごうもん》を生業《なりわい》とする、教会の異端審問《いたんしんもん》官《かん》と拷問部屋も手配済みだ。

私に煮《に》え湯を飲ませたのだ。もはや、まともな暮らしなど期待出来ないものと知るがいい。

……

さてと。残る懸案事項《けんあんじこう》は父上か。ファイアダガーの一件でもそうだったが、絶対に反発してくるだろう。

まあ、私は赤子の手をひねるようなものだと思っている。

町議会は完全に掌握《しょうあく》した。冒険者ギルドマスターのシュラクのような実力者も、こちらの陣営《じんえい》に取り込んだ。

流石《さすが》に父上を処刑《しょけい》や監禁《かんきん》することは、私のイメージダウンとなるので難しい。しかし、父上の息のかかった手下をレスタから追放するくらいなら可能である。

父上を館《やかた》に軟禁《なんきん》すれば、この問題は片がつく。


——私は手始めにドニーら、父上の側近中の側近を町から追放する算段を始めた。

ベストフレンド1

マルゴへ

なんだか照れくさいが、手紙を書いておく。

お前はハインリッヒを打倒すると言っていたが、あまり無理はしないでほしい。

俺とユリナさんは大丈夫《だいじょうぶ》だから。いざとなったら、隣《となり》の国にでも逃《に》げるさ。

お前には本当に世話になった。こっちの世界に来た当初、貧乏人《びんぼうにん》の俺に武器防具をただ同然で売ってくれたよな。あれには本当に感謝している。あれが無かったら、俺はモンスターに殺されていただろう。

その後、何かにつけて俺の家に来やがって。鬱陶《うっとう》しいったらなかったぜ。

でも楽しかった。俺はちょっとへそ曲がりな性格をしていて、わざわざ付き合ってくれていたのもわかっている。何も言わずに側《そば》にいてくれてサンキューな。俺はそれだけで救われた気がしていた。

レスタの町のみんなを頼《たの》む。特に冒険者《ぼうけんしゃ》の命はお前にかかっているからな。

サラサとお幸せに！

あと、レスタに戻れないだろうと俺が考えていることは、サラサとエルザには秘密にしておいてほしい。なぜかはわかるだろ？　察してくれ。

あまりダラダラと書くのは好きじゃないから、これくらいにしとく。

元気で。

ケイゴ

ベストフレンド2

ジュノへ

何だか本当に照れくさいな。マルゴはあんなことを言っていたが、たぶんもう俺はレスタには戻れないと思っている。だから、お前にも手紙を書いておく。

お前にも本当に世話になった。コカトリスを一緒に倒《たお》したよな。俺一人じゃ、どうしようもなかった。あれは大変だったけど、倒したときは最高の気分だったよな。

お前がサラサに失恋《しつれん》して憔悴《しょうすい》しきって、落ち込んでいるときはどうしようかと思ったぜ。でも、ちゃんとエルザという恋人ができて俺は心底ほっとした。

俺はこれから、タイラントに向かうつもりだ。その後はただひたすら旅を続けて、ユリナさんを守り続ける。お互《たが》い、惚《ほ》れた女は守るのが男だよな？　お前ならわかってくれるだろ？

悪い。できればお前たちとずっと一緒にいたかったが、状況《じょうきょう》がそれを許さないみたいだ。

レスタのみんなを頼む。俺は、ユリナさんと必ず幸せになるから心配しないでくれ。

最後に。あんまり冒険《ぼうけん》で無茶をして、エルザを泣かせるなよ。ちゃんと幸せにしてやれ。

あと、俺がもうレスタに戻れないだろうと考えていることは、サラサとエルザには秘密な。たぶん、あいつらは悲しむだろうから。お前だけの胸に、しまっておいてくれ。

ああ、そうそう。俺の小屋は森に行くときに便利だろうから、お前が自由に使ってくれ。なんならエルザと一緒に住んでも良い。鍵《かぎ》は、サラサに預けてあるから。

これくらいにしとく。じゃあな！

ケイゴ

ベストフレンド3

サラサへ

お前は俺がもうレスタに戻れないと心配しているかもしれないけど、俺は必ず戻ってくる。約束だ。アッシュも寂《さび》しがるからな。

お前は俺がこちらに来た当初、右も左もわからない俺と取引をしてくれたり、親切に冒険者ギルドを紹介《しょうかい》してくれたりしたよな。あれがなければ、俺はとっくに野垂れ死んでいたさ。本当に感謝している。

アッシュのことを、いつも可愛がってくれてありがとう。あいつも、お前と別れるのは本当に辛いと思う。必ず戻ってくるから、そのときはまた可愛がってくれよな。

昨日食べた生ウニは、ジャイアントアーチンという水生モンスターの卵巣だ。ジュノとエルザにも食べさせてあげたかったが、しばらくできそうにないな。

そうだな。俺がいつも行っている川にいるから、マルゴとジュノに狩《か》ってきてもらうといい。弱点は雷《かみなり》属性。トゲを飛ばして攻撃《こうげき》してくるから、あいつらにはそれだけ気をつけろと伝えておいてくれ。

書きたいことがいっぱいありすぎて、上手くまとまらないな。だから、これくらいにしておく。

本当に今までありがとう。さよならは言わないよ。

ケイゴ

ベストフレンド4

エルザへ

お前には本当に世話になった。俺は必ずまたレスタの町に帰ってくるつもりだが、しばらくの別れだ。

俺の小屋は、ジュノと一緒に好きに使ってくれ。何なら、ジュノと一緒に住んでもらってもかまわない。ジュノは少し冒険心《ぼうけんしん》が強すぎるから、あまり無理はしないように見ていてもらえると助かる。

いつもアッシュを可愛がってくれていたよな。離れ離れになってしまってすまない。本当に、しばらくの別れだから。

ああ、そうそう。昨日、初めて生ウニという新作料理を、マルゴとサラサに食べてもらった。どうやったら食べられるかは、サラサに伝えてあるから、是非《ぜひ》食べてみてほしい。

今までありがとう。ジュノとお幸せに。

さよならは言わないよ。またな。

ケイゴ

マルゴ11

パリン！

グラスの砕《くだ》け散る音が、俺の店に響《ひび》く。

俺はケイゴが去った夜、蒸留酒の入ったグラスを石壁《いしかべ》に投げつけた。

テーブルの上には、広げられたケイゴの手紙。

ケイゴは、どんな想《おも》いでこの手紙を書いたのか。

「畜生《ちくしょう》が！　レスタの町にも住みたがらないやつが、俺たちの助け無しにどうやって生きていくっていうんだ！」

サラサは今日、自分の店の方で泊《と》まりだ。サラサがこちらにいなくて良かった。俺のこんな姿は見られたくない。俺の心中はザリザリとした、砂嵐《すなあらし》が吹《ふ》き荒《あ》れていた。

あんなに心穏《おだ》やかで、優しいヤツはいない。ケイゴが何をしたというのか。

「バイエルンは何してやがる。ケイゴは恩人のはずだろう」

俺は一人、不満を撒《ま》き散らす。

こんな愚痴《ぐち》を聞いてくれるのは、いつだってケイゴだった。あいつは穏やかに微笑《ほほえ》んで、俺の馬鹿《ば か》話にいつも付き合ってくれた。

俺は、大切な何かを失ったような、心にポッカリと穴が空いた気がした。

気がつけば、俺は肩《かた》を震《ふる》わせて泣いていた。自分が惨《みじ》めで情けなくて仕方なかった。大切な親友を守ってやれない自分が、何より嫌《いや》だった。

俺が下手に動けば、俺だけではなくサラサも同罪となる。『しがらみ』の中では生きたくないと、常々ケイゴが言っていた意味がよくわかった。俺は『しがらみ』から逃《のが》れることはできない。

ケイゴは、大きな白い鳥のような男だ。自由という言葉が最も似合う、唯一無二《ゆいいつむに》の親友を俺は失った。

今頃《いまごろ》、あいつはどうしているだろうか。ハインリッヒの兵隊どもに捕《つか》まっていなければ良いが。

あいつのためにできたことが、もっと沢山《たくさん》あったはずなのではないか、そんな後悔《こうかい》の念があふれるのを、とめることができない。

こんなに孤独《こどく》で辛い酒は、いつ以来だろう。そうか……。俺の装備を初めて買ってくれた新米冒険者が、ゴブリンに殺された日の夜がこんな気持ちだったか。

——二度と……、二度と同じ想いはしないと誓ったはずだったのに。

「クソが！」

俺は桶《おけ》に入った水にバシャバシャと頭を突《つ》っ込んで大量の水を飲み、酔《よ》いを覚ます。

「バイエルン様、町議会議員のエルザの父親、ジュノにエルザ。俺の店の常連客である冒険者たち、歓楽街《かんらくがい》のユリナさんの友人……」

強制的に酔いを冷ました俺は、紙に書いて、味方になってくれそうな人たちをリストアップしていた。

——ハインリッヒのクソ野郎をぶっ潰《つぶ》し、親友を救う。

俺の頭の中は、そのことだけで一杯《いっぱい》になっていた。

ジュノ8

俺はケイゴとユリナがタイラントの方向へ走り去るのを見届けた後、酒場で飯を食いつつ、ケイゴの手紙を読んでいた。

——お互い、惚れた女は守るのが男だよな？　お前ならわかってくれるだろ？

ああ。今ならわかるさ、ケイゴ。

俺はチラっと、酒場で忙《いそ》がしく動き回るエルザを見る。

俺はケイゴのことは冒険者だと思っている。冒険者ギルドに登録されているとか、そういう意味での冒険者ではない。

あいつはおそらく、どこか遠いところからやってきた。それも、果てしなく遠い場所から。何となくだが、俺にはわかる。言葉が通じるとか通じないとかの問題じゃない。根本的な感性が、俺の知っているやつらとまるで違《ちが》うのだ。

あいつは今日、本当の意味での冒険に出た。愛する女のために、という理由で。

これ以上ない理由だ。俺は素直《すなお》に祝福しようと思った。

「ジュノ、それケイゴからの手紙でしょ？　何て書いてあったの？」

酒場で働くエルザがケイゴの手紙を盗《ぬす》み見ようとするので、俺はさっと折りたたんで、上着のポケットにしまう。

「勝手に人の手紙を見ようとするな。それより、あっちの客が手を上げているぞ」

エルザは少し不満げな表情をしたが、次の瞬間《しゅんかん》には営業スマイルで、注文をとりにいっていた。

――あと、俺がもうレスタに戻れないだろうと考えていることは、サラサとエルザには秘密な。たぶん、あいつらは悲しむだろうから。お前だけの胸に、しまっておいてくれ。

ケイゴがそう考えていることを知ると、エルザのあの笑顔が見られなくなってしまうかもしれない。彼女の笑顔は守りたい。

お前はお前で、冒険をしろ。俺は俺で、好きな女を守り通すさ。

マルゴはやる男だ。その時が来れば、俺もお前を絶対に助ける。すぐに会えるから心配するな。また美味《うま》い酒でも飲もうじゃないか。

俺は、あいつの初めての大冒険に、心の中で盛大《せいだい》に祝杯《しゅくはい》を挙げた。

k-155

マルゴによると、どうやらハインリッヒは邸宅《ていたく》に私兵を集めていたらしい。ハインリッヒは、父親のように無謀《むぼう》にダンジョンに突っ込むようなマネはしない。間違いなく狙《ねら》いは俺の身柄《みがら》であり、部位欠損修復ポーションだろう。

危機一髪《ききいっぱつ》とはこのことだ。

あのポーションは、人前に出してはいけない代物《しろもの》だったのだ。しかし、後悔しても始まらない。こんなことでもないと旅に出ることはないので、よい機会だと前向きにとらえることにした。

俺はレスタの町を大きく西に迂回しながら、北のタイラントの町を目指して馬車を走らせた。行き先は、どこでも良かった。とにかく移動さえしていれば、追っ手に捕まることもないだろう。

ブルーウルフたちが、遠くから俺たちの後をついてきている様子が、木陰《こかげ》からチラチラと見えた。

俺は御者《ぎょしゃ》台にユリナさんと一緒に座り、二人でレッドグリズリーの掛け布団にくるまった。非常に暖かい。もちろんアッシュも一緒で、ユリナさんに抱っこされている。

道中、ゴブリンやジャイアントスパイダーに襲われたが、奴《やつ》らは火が弱点だ。ブルーウルフたちが足止めをしてくれている隙《すき》にヘルファイアソードの火炎《かえん》攻撃で倒した。

一六：三〇
夕日が沈《しず》む頃《ころ》。手ごろな木を選び、俺とユリナさんは木の下で野宿をすることにした。暗くなった夜道を馬車で進むのは危険だ。ここは、慎重《しんちょう》に行こうと思う。

薪にファイアダガーで火をつけ、焚《た》き火をする。干し肉と野菜で温かいスープを作り、俺とユリナさんは、冷えた身体《からだ》を温めた。水は、ウォーターボードが生成してくれたものを使う。

俺は切り株椅子を焚き火の前に二つ並べ、ユリナさんと並んで座る。なんだか新婚《しんこん》旅行みたいだ。いや。先ほど結婚したのだから、これはまさに新婚旅行そのものなのだろう。

白銀の世界。大自然の中を、馬車で新婚旅行。よくよく考えれば、何というロマンチックなシチュエーションなのだろうか。

「アイス」

カランと音を立てて、グラスに氷が入る。

焚き火にあたりながら、お酒がいけるユリナさんと一緒に、アルコール度数の高い蒸留酒をロックであおる。喉《のど》が焼ける感覚がたまらなく美味い。

その後、歯磨《はみが》きをして、お湯で濡《ぬ》らしたタオルで身体をふいてから眠《ねむ》ることにする。俺とユリナさんは馬車の荷台に布団を敷いて、一つの布団の中、身を寄せて暖め合った。

――遠くでブルーウルフたちの遠吠えが聞こえる。


満天の星の下、蒼《あお》い満月を見上げて俺とユリナさんは横になった。

ふと俺は、親友たちも同じ月を見上げているのかなと思う。

アッシュが「僕《ぼく》も！」とばかりに、のそのそと布団に入ってきた。アッシュの可愛い仕草に、思わずユリナさんと目を合わせてクスりと笑ってしまった。

俺とユリナさんはそのまま見つめ合い、おやすみのキスをする。

アッシュがまたしても、「僕も！」とばかりに、ぴょこっと布団から顔をだしたので、交互《こうご》にアッシュにチュッとする。アッシュは満足したのか、またもそもそと布団の中に入り込んだ。

外気温はマイナスなので、頭までレッドグリズリーの掛《か》け布団を被《かぶ》る。アッシュの体温が高いおかげもあり、布団の中はぬくぬくと暖かかった。

ユリナさんがスーっと寝息《ねいき》を立てるのを感じつつ、俺もいつの間にか眠りに落ちていた。

k-156

ギエエエエエエ！

朝、おぞましい化け物の鳴き声で目が覚める。

アッシュが「ウー」っと唸《うな》っている。俺は、ユリナさんにアッシュと一緒に布団の中に隠れているように言った。

俺は装備を整えると、鳴き声のした方向を注意深く観察する。

すると、ドスドスと足音を鳴らす巨体《きょたい》が、木の間から見えた。それは、コカトリスだった。

「やべえ」

いつもなら、逃げて小屋の中で震えているところだが、俺には戦う理由ができた。もう逃げることは許されない。俺は震える左手を右手でおさえながら、コカトリスを鑑定《かんてい》した。

【コカトリス：鶏頭《けいとう》、尾《お》が蛇《へび》、石化攻撃、毒のブレスを吐《は》く高レベルモンスター。ライトの魔法《まほう》で目をつぶせば、石化攻撃を防ぐことができる】

今までにない情報が、目に飛び込んできた。ライトだと？

すると、俺の隣にブルーウルフが三体、いつのまにか並んでいた。「グルルルル」と唸り声を上げながら、敵を睨《にら》みつけるブルーウルフたち。何と心強い味方だろう。

その距離《きょり》三〇メートル。ブルーウルフが一斉《いっせい》に飛びかかるのと同時に。

「ライト！」

コカトリスの目に向けて光球を放つ。そして、光がはじけた。

ギエエエエエ！

鑑定の情報通りであれば、これで石化攻撃は封《ふう》じることができたはずだ。

ブルーウルフが敵の滅茶苦茶《めちゃくちゃ》に振り回される爪《つめ》と蛇の攻撃をかわしつつ、攻撃を加えている。その隙に俺は、ドヌール毒の矢を使い、コカトリスの胴体《どうたい》に向けシャープシュートを放つ。

ドス！　ドス！　ドス！

動きの鈍《にぶ》くなったコカトリスは起死回生の攻撃、毒のブレスを放った。

ジュワッ

ブルーウルフの一体が、毒のブレスをまともにくらった。ビクンビクンと痙攣《けいれん》するブルーウルフ。

俺は毒を回避《かいひ》しつつ、ヘルファイアソードを抜いてコカトリスに近く。敵の片足に足刀蹴《げ》りを放つ。横倒しに倒れるコカトリス。俺はヘルファイアソードで、渾身《こんしん》のバッシュをコカトリスの首に向けて放った。

ザンッ！　ドサッ！

コカトリスの首が落ちた。

『個体名：奥田圭吾《おくだけいご》は、Ｌｖ18になりました。体力38↓40、魔力28↓31、気力32↓33、力42↓44、知能83↓85、器用さ43↓44、素早《すばや》さ41↓43』

俺は、すぐさま毒をくらったブルーウルフに近づき、パルナ解毒《げどく》ポーションで治療しようとしたが、既《すで》にブルーウルフは事切れていた。

……

俺とユリナさんはブルーウルフの墓を作り、埋《う》めてあげた。俺は自分の首からアッシュウルフの牙《きば》で作ったネックレスをはずし、十字架《じゅうじか》にかけてあげた。お前もご主人さまと一緒にいたいだろう。

「いつも、俺たちを守ってくれてありがとうな」

俺は墓の前で手を合わせる。ユリナさんもそれに倣《なら》う。

アッシュが蒼穹《そうきゅう》に向かって遠吠えをすると、ブルーウルフたちが一斉にレクイエムを鳴らした。

――俺はそのレクイエムに儚《はかな》さではなく、まるで勇者の凱旋《がいせん》を祝福するような、凛《りん》とした強さを感じた。

ブルーウルフ3

我はブルーウルフ。我が君の守護をしている者也《なり》。

我が君とあの方、そしてあの方の伴侶《はんりょ》が旅に出た。守護にあたっていた我らも、その後を追うことにした。

道中、ゴブリンとジャイアントスパイダーに遭遇《そうぐう》したが、あの方はお強い。炎《ほのお》で敵をなぎ払《はら》われていた。

走って体温が高くなっていたせいか、肺からハーハーと出る息が白い。

我が君は、どうやら、あの木の下で野宿をするようだ。我らは木の周辺の警戒《けいかい》にあたることにする。

それから、我らはシカを狩る。その命を食らって、今日を生き長らえる。そして、明日に向けて体を休めることにする。


……


翌朝、不穏《ふおん》な気配を感じた。木をなぎ倒し、何かが近づいてくる。

斥候《せっこう》に出ていた仲間からの合図があった。接近しているのはコカトリスのようだ。

我はすぐに合図を返し、仲間とともに、あの方の元へと駆《か》け寄る。

我らは勇敢《ゆうかん》なる戦士。たとえ強大な敵でも、大切なものを守るため、何度でも挑《いど》んでみせる。

我らは、コカトリスに向かって、同時に飛び掛かったのだった。


……

そして我は死に、魂《たましい》だけの存在となった。

――ウルヴァリン・レクイエム

我らの間で、そう呼ばれている歌がきこえる。死んだ者の魂を、神樹へと送る歌。

この場所から西に連なる霊峰《れいほう》。そこにはウルフの里があり、里には樹齢《じゅれい》一万年を超《こ》えると言われる、巨大《きょだい》な神樹がある。ウルフは死ぬと神樹と一体化し、英霊《えいれい》と化す。そう言い伝えられている。

だからこそウルフは勇敢であり、強大な敵にでも立ち向かうことができる。

我が君と仲間たちが、ウルヴァリン・レクイエムを奏《かな》でる。勇敢な戦士の歌だ。

仲間たちよ、これからも我が君を頼む。我はいつでもお前たちを見守っている。


――我の意識はやがて、柔《やわ》らかな光に包まれ、全なる魂の器《うつわ》へと回帰したのだった。

k－157

俺とユリナさんは、ブルーウルフの墓に別れを告げ、一路タイラントを目指した。
コカトリスの素材は目と毒腺《どくせん》だけを回収した。冒険者ギルドに報告をすることは、当然のことながら足がつきかねないので、やめておく。
タイラントの町は、旅芸人が行き交《か》う芸術の町なのだそうだ。このところ、殆《ほとん》ど野宿をしているような状況だったので、ユリナさんに疲《つか》れが見え始めていた。彼女を、きちんとした宿で休ませなくては。

一八：〇〇
ようやく、タイラントの町明かりが見えた。
馬車を宿屋に預け、宿屋の小僧《こぞう》に銀貨を握《にぎ》らせ、荷物番と買い出しの手伝いを頼むことにした。
まともな宿屋に泊まることができ、俺は少しほっとした。俺とユリナさんは、暖かな部屋でゆっくりと休むことにした。

……

翌朝。

野宿するのに、雪や風を防ぐ暖かな幌馬車がほしいと常々思っていた俺は、馬車の調達に出かけることにした。ユリナさんは疲れている様子なので、アッシュと一緒に部屋でゆっくりしていてもらうことにした。

小僧にロシナンテ（馬）を引かせ、馬車が売られている場所まで案内させた。今までの馬車よりも大きい、二頭立ての幌馬車と馬を一頭買った。食料や酒も多めに調達する。俺は小僧に銀貨を握らせ、荷物の積み替《か》えを依頼《いらい》した。

宿に戻ると、ユリナさんはよく休めたのか元気そうだった。俺たちは町の観光をすることにした。


俺とユリナさんは、仲良く手を恋人つなぎにしてゆっくりと道を歩く。

雪の中、ピエロがダガーでジャグリングをしていた。ジャグリングが終わると、ピエロは帽子《ぼうし》をくるりと回し、投げ銭を要求した。俺はユリナさんに銅貨を渡し、二人で投げ銭をしてから拍手《はくしゅ》を送った。

広場の中央には大きなテントが張ってあり、舞台《ぶたい》ではパフォーマンスが上演されていた。

俺たちはお金を払ってテントの中に入る。すると、観客の熱気と歓声《かんせい》が俺たちを包みこんだ。舞台上ではタップダンスが繰《く》り広げられていた。

ユリナさんの表情が、パッと輝《かがや》く。俺は舞台よりも、ユリナさんの嬉しそうな表情が見られてとても幸せな気分になった。

俺たちはタップダンスの鑑賞《かんしょう》を終えたその足で、宿をチェックアウトし、タイラントの町を後にすることにした。町に長居しても良いことはない、と思われたからだ。

――そして、その予感は的中していた。

俺は、間一髪で難を逃れたことに、露《つゆ》ほども気がついていなかった。

k‐158

幌馬車を手に入れた俺たちは、東の方へと向かうことにした。

俺たちの幌馬車は一面の銀世界を進む。幌の天井を、木々から飛び移った真っ白な小動物『スノウフェレット』が駆け回る。馬の背には真っ白な雪鳥『スノウバード』が5羽留まり、羽を休めている。幻想的な風景だ。

行き先はどこでも良かった。ユリナさんと二人でいられるのなら、どこだって。

ユリナさんは、幌馬車の中の方が暖かいにもかかわらず、御者台《ぎょしゃ》の俺の横に座ると言って聞かなかった。アッシュも当然ながら一人で荷台にいるのは寂しいと見え、二人と一匹《ぴき》は仲良く御者台で暖め合うことになった。狭《せま》いけど、心も体も暖かくなる。

視認《しにん》できる範囲に、地図にはない農村集落と川があった。俺はこの好立地な場所で休むことにした。久々に風呂《ふろ》を沸《わ》かそう。

川の中にはマーマンほか、水生モンスターがいる可能性がある。俺は少し離れた高台に馬車を止め、水辺に近づいた。すると。

ザパっ

俺のウニ！　もとい、ジャイアントアーチンが水辺から数体、姿を現した。ウニ！

俺は飛んでくるトゲを盾《たて》で流し、ウルヴァリンサンダーソードで突き刺《さ》して倒した。

はい。巨大生ウニをゲット。

俺たちは、水辺から少し離れた高台で、生ウニ料理を食べながら、キャンプをすることにした。焚き火の火を熾《おこ》して、切り株椅子を並べる。ドラム缶風呂にも入りたいので、風呂も沸かす。周りには、念のためアンクルスネアを設置しておく。

今日は、生ウニのパスタに挑戦《ちょうせん》してみようと思う。パスタはタイラントで仕入れたものを使う。パスタを茹《ゆ》でつつ、生ウニでソースを作る。ソースの材料は塩、ニンニク、生ウニ、バルゴの果実酒というシンプルなものだ。それを茹でたパスタに絡《から》めて、最後に生ウニを贅沢《ぜいたく》にのっけて完成だ。

俺とユリナさんは生ウニのパスタを食べた。

パク……。ドドーン。俺の背後に雷光《らいこう》が轟《とどろ》いた。

俺ですら、硬直《こうちょく》するほどの美味さだった。アッシュが足でタシタシするので、アッシュにも分けてやる。

俺は、エールを一気に飲み干した。ユリナさんは、上品にバルゴの果実酒をグラスで飲んでいる。

俺とユリナさんは、生ウニのパスタをおかわりした。幸せな一時《ひととき》だ。

レディーファーストということで、先にユリナさんにタオルとタイラントで見つけた石鹸《せっけん》を渡し、風呂に入ってもらった。

ユリナさんが風呂から上がると入れ替わりで、俺もドラム缶風呂に入ることにした。

ザブン。ふー、体の芯《しん》から温まり、凝《こ》りがほぐれていく。

俺もさっそく石鹸を使ってみた。体中がスッキリして気持ちいい。ドラム缶の横には、サイドテーブルを置き、グラスと蒸留酒のボトル。肴《さかな》は生ウニの刺身《さしみ》だ。

俺は、風呂につかり、蒼い月を見上げながら、月に向かって乾杯《かんぱい》した。こんなにも美味い酒があって良いのだろうか。

風呂から上がり、ウインドで髪《かみ》を焚き火の前で乾《かわ》かしていると、ブルーウルフたちが寄ってきた。

俺はブルーウルフにも残り湯をかけて洗うと、ウインドで乾かしてやった。そして、大量に余った生ウニを食べさせてあげた。

生ウニは刺身にもして食べたが、いかんせん量が多い。食べ切れなかった分は塩漬《しおづ》けのビン詰《づ》めにし、保存食にした。

俺はこの場所が少し気に入った。近くに村もあるし、何より水を好きなだけ使える。しばらく、ここでキャンプするのも悪くないなと思う。

夜も遅《おそ》くなり、俺とユリナさんは歯を磨《みが》いたあと、暖かい幌馬車の中で、同じ布団に入り、体を温め合う。ユリナさんの体から石鹸の良い匂《にお》いがする。俺はユリナさんとお休みのキスをしてから、眠りについたのだった。

k - 159

朝起きると何だか少し、ユリナさんのほっぺたが膨《ふく》らんでいる気がする。俺、何かしたかなあ……。

あ！　昨日ユリナさんに「愛してる」と言ってなかった！　これはマズイ！

俺は、「おはようハニー！　愛してる！」と頑張《がんば》ってランカスタ語で言った。そうしたら、ユリナさんの機嫌《きげん》が直った。彼女は上機嫌に鼻歌を歌いながら、エプロンをつけ朝食を作っていた。

ふー、危ない危ない。どこに地雷《じらい》があるか、わかったものではない。

俺は、冷たい水でパシャパシャと顔を洗い、目を覚ます。

馬にエサの干草と水を与《あた》えた後、鍛錬《たんれん》を始める。体術、剣術《けんじゅつ》、弓術、魔法。

これから何があるかわからない。鍛錬は怠《おこた》らないでおこう。

それからユリナさんの作った朝食を食べる。メニューは生ウニの塩漬けを使用したサンドイッチと干し肉のスープだった。俺は、「美味《おい》しいよ、ハニー」と料理を褒《ほ》めちぎった。

九：〇〇

パカーンと軽快な音を立て薪割りを行う。割った薪は、幌馬車に積む。いつ移動しなければいけない事態になるかわからない。積める資材は、馬車に積んでおいた方が良いだろう。

一一：〇〇

俺は、イレーヌ薬草、ムレーヌ解毒草、ベルジン魔力草、デルーンの実、レッドグリズリーの睾《こう》丸《がん》を幌馬車から取り出し、エギルの回復ポーション、デュアルポーション（中）、パルナ解毒ポーションを作製する。

『個体名：奥田圭吾は、錬金術《れんきんじゅつ》Lv8を取得しました』

一三：〇〇

軽く昼食をとった後、俺とユリナさんは釣《つ》りを楽しむことにした。

釣りの時間はかなり暇《ひま》なので、竿《さお》を見るのはユリナさんに任せ、俺はファイアダガーを作ることにする。砕いた火炎石とフェムト石を砥石《といし》に振りかけ、ダガーを砥ぐ。

最初ユリナさんは釣りに苦戦していたが、俺も一緒に竿を引いてあげるなりして、コツを教えると、少しずつ上達していった。

アユっぽい魚が沢山釣れた。今日の晩飯は魚料理にしよう。

一六：〇〇
風呂を沸かしつつ、晩飯の用意をする。木の枝をダガーで削《けず》り、串《くし》にする。アユを串刺《くしざ》しにして、アユの塩焼きを作る。また、アユを三枚に下ろして刺身にしてニンニクと塩で食べる。今日の酒はエールにしよう。

ゴクッゴクッ。ぷっはー！

刺身と一緒に流し込むエールは、のどごしがたまらなく美味い。ユリナさんもエールの入ったコップを両手で持ち、コクコクと飲んでいる。

ブルーウルフが一頭こちらへ寄ってきたので、アユの塩焼きを分けてやると、アッシュと一緒にハグハグと食べていた。

ユリナさんは、アッシュと一緒にお風呂に入った。サラサもそうだったけど、みんなアッシュが大好きだ。

ユリナさんが上がった後に、俺も風呂に入る。今日は雪がちらついているので雪見風呂だ。ふー。冷えた身体が芯から温まるのを感じる。パチパチと爆《は》ぜる薪の音だけが聞こえる。雪のしんしんと降る静かな夜だ。

一九：〇〇
ユリナさんは、湯冷めをしないうちに先に布団に入っていた。俺も身体が温まったところで、早めに眠ることにした。

もちろん「おやすみハニー、愛してる！」と言って、彼女の可愛いほっぺたにチューをするのは既定事項だ。これをしておかないと、今朝《けさ》のように彼女の地雷を踏《ふ》む事態となる。

そして俺は、ランタンから魔核《まかく》を抜き取る。ランタンの明かりを消して目を閉じると、いつの間にか深い眠りに落ちていた。

ハインリッヒ8

「くそっ！」

私は銀縁《ぎんぶち》眼鏡をはずして机の上に置き、右手で目を揉《も》む。ジルからの報告書を見て、頭が痛くなったのだ。

タイラントにケイゴオクダがいるとの情報を得て、ジルの部隊を急行させたが、宿はもぬけの殻《から》だった。運の良いヤツだ。

タイラントの貴族は、生真面目《きまじめ》にも情報をよこしてきた。

しかし、ヤツを取り逃がしてしまった。部位欠損修復ポーションのことは伏せ、一応罪人ということにしてある。これでは、私の面目《めんぼく》が丸つぶれではないか！

私はドン！と机を叩きつける。

ランカスタの各都市には、手配書を回した。情報があり次第《しだい》私に伝達し、ジルの部隊を急行させる手はずになっているのだが、中々尻尾《しっぽ》をつかませない。

やはり、ケイゴオクダは只者《ただもの》ではない。

ヤツを賞金首にでもして、賞金稼《かせ》ぎに狙わせるか？　生け捕《ど》りを条件に。

いいや。何かの事故で死んでしまっては、つまらない。あまり派手にやりすぎると、別の貴族に部位欠損修復ポーションのことがバレるおそれもある。

やはりここは、秘密裏《ひみつり》に動くべきだろう。

有効な手立てはないか？　私は考えを巡《めぐ》らす。

重要なのは、ケイゴオクダの情報を得てからの機動力。ジルの部隊の機動力上昇《じょうしょう》のため、全兵士に馬を与えることにしよう。ジルの部隊に拷問部隊を組み込ませ、ユリナを拷問。ケイゴオクダが素直に言うことを聞くようにしよう。

我ながら良い考えだ。

私は、銀縁眼鏡を再びかけて右手の中指でクイっともち上げる。私は配下に指示を出すため呼び鈴《りん》を鳴らした。

フフフ……。ケイゴオクダ。

私に煮え湯を飲ませてくれたこの雪辱《せつじょく》、晴らさせてもらうとしようか。

k-160

翌朝目が覚めると、俺の横でユリナさんがまだ寝息を立てていた。

俺は目が覚めたが、彼女の温《ぬく》もりという何にも勝《まさ》る誘惑《ゆうわく》に抗《あらが》うことができず、そのまま布団の中で柔らかくて良い匂いのする彼女を抱きしめて、二度寝をすることにした。

しかし、それから間もなく、フンフンと世界一可愛い生物がグズりだした。

仕方ない。一日中寝ていたい気分だが、起きることにしよう。

俺はアッシュにエサをやるべく、もぞもぞと布団から出ようとする。すると流石にユリナさんも目を覚ます。

「おはよう、ハニー」

「おはよう、ケイゴ」

そして、俺たちはチュッとモーニングキスを交わす。

愛とは偉大《いだい》なものだ。全くランカスタ語での会話を覚える気がなかった俺だが、この程度の日常会話なら、俺もできるようになってきた。

幌馬車の外に出て、桶に入った水で顔をパシャパシャと洗い、歯を磨く。

そうしていると、ブルーウルフたちがシカを引きずってこちらへやってきた。

俺が調理すると、飯がうまくなることを覚えたのかな？

今日は、シカ肉パーティだな。

俺はよしよしと、お座りをするブルーウルフたちの頭をなでる。

俺はシカの解体用に身支度《みじたく》を整え、シカの血抜《ちぬ》きを行う。

そして、鮮度《せんど》が命のレバーを流水で洗い、塩とニンニクで味付け、切り分けてレバ刺しにした。俺とユリナさんは、レバ刺しをパンにはさんで食する。食後はマーブル草のハーブティーを淹《い》れ、ゆったりする。

もちろん、功労者であるブルーウルフたちにもレバ刺しを食べさせてあげた。ブルーウルフとアッシュは、仲良くハグハグとレバ刺しを食べていた。ブルーウルフたちはレバ刺しを堪能《たんのう》して満足したのか、どこかへ行ってしまった。

俺は、午前中いっぱいを使ってシカを解体した。

ユリナさんには外での力作業は辛かろうと思い、幌馬車の中でゆっくりしていてもらった。彼女は幌馬車の中で編み物をすると言っていた。彼女は毛糸で編み物をするのが趣味《しゅみ》だ。俺の毛糸の帽子やマフラーは、全て彼女のお手製だ。今はシカの解体中なので、汚《よご》れてもいいような作業着姿だが。


……

昼飯時。

俺は早くもチビチビやりながら、シカ刺しをすりおろしニンニクで堪能していた。実に悪い大人である。

俺は、幌馬車の中にいるユリナさんに、熱々のシカ肉ステーキをもっていってあげた。ユリナさんは丁寧《ていねい》に切り分け、アッシュと仲良くシカ肉ステーキを食べていた。

昼飯を食べた後、特にすることのなくなった俺は、ユリナさんを誘《さそ》って釣りを楽しむことにした。厚着をして焚《た》き火で温めたミランの果実酒をチビチビやりながら。ついでなので、シカ肉とチーズの燻製《くんせい》を作りながら釣りをする。

水のせせらぎの音と、小鳥のさえずりが耳に心地《ここち》好《よ》い。心からリラックスできる。俺はふあと欠伸《あくび》をする。なんだか平和すぎて、眠たくなってくる。

釣りをしていると、タラコのギッシリ詰《つ》まったタラが釣れた。そうだな、晩飯はタラコスパゲッティにしよう。また水面《みなも》を覗《のぞ》くと、昆布《こんぶ》に似た水生植物がユラユラしていたので、クワでかき集めてみた。かじってみると、それはまさしく昆布の味がした。

一六：〇〇

釣りを切り上げた俺は、タラとアユの刺身を昆布で包み、昆布締《こぶじ》めにして保存食にした。幌馬車の外側には収納スペースがあり、今の時期は天然の冷凍庫《れいとうこ》だ。昆布締めの魚の刺身は、冷凍《れいとう》すれば一月《ひとつき》は保《も》つはず。食べきれなかったシカ肉も、冷凍保存することにした。

それから、俺は今晩のメインディッシュ、タラコスパゲッティの調理に取り掛《か》かる。スパゲッティを茹でて、タラコソースを絡め、イレーヌ薬草を添《そ》える。
タラコスパゲッティを一口食べたユリナさんが、硬直していた。この反応が見たくて、俺は料理を作っているようなものである。

一九：〇〇
風呂に入り、透《す》き通った空気の中、満天の星を見上げながら、そろそろ場所を移動しようかなと思い立った。村があるので、食料や塩でも調達しに行ってみようかとも思ったが、今は逃亡生活中。不必要な人との接触《せっしょく》は、避《さ》けるべきだろう。
そうだな、川に沿って、今度は下流の方へ進んでみよう。そうすれば、少なくとも毎日風呂に入れて快適だ。
風呂から上がった俺は、幌馬車の中、ランタンの明かりで本を読んでくつろいでいるユリナさんに、今後の方針を相談することにした。

ドニー2

俺はドニー。バイエルン様の忠実なる兵士だ。
最近、ハインリッヒの動きが妙《みょう》だ。兵を集めて何かをしている。また、ケイゴオクダ絡《がら》みの何かでなければ良いが。

……

俺はバイエルン様の私室の警護を終え、副兵長にその任を引き継《つ》ごうとした時に事件は起こった。ハインリッヒの私兵どもが館に侵入《しんにゅう》してきたのである。

副兵長が私に剣《けん》を突きつけた。

「詰めが甘《あま》かったな、ドニー兵士長。ケイゴオクダの部位欠損修復ポーションの情報は、金庫番から駄々漏《だだも》れだったぜ。ハインリッヒ様が、金の成る木を放置するものか。これであんたも、年貢の納め時だな」

「副兵長……。お前もか……」

……

俺は取り押《お》さえられ、町から追放された。殺されなかっただけ、まだマシかもしれない。

兵士長という肩書《かたがき》のおかげで、命だけは取られなかった。

バイエルン様……。本当に申し訳ありません……。

俺は自分の無力さを呪《のろ》った。

バイエルン様が最後に俺に向かって、「ケイゴオクダを守れ」と言った。俺は、その言葉を遂行《すいこう》するため、ケイゴの手がかりを追うことにした。まずは、ケイゴオクダの住む家に行ってみよう。

……

ケイゴの家には、冒険者のジュノと宿屋を経営しているエルザがいた。

俺は、ジュノとエルザに事の顛末を話した。ハインリッヒが町の全てを掌握してしまったこと。バイエルン派の自分は、レスタの町を追放されてしまったこと。バイエルン様が軟禁されてしまったこと。ハインリッヒに追われているケイゴを助けるよう、バイエルン様から命じられていること。全てを話した。

——ジュノは俺の話を聞き、静かに怒《おこ》っていた。

「ドニーさん、すまない。本当に感謝している。俺とエルザは、間違いなくハインリッヒに目をつけられているから、ケイゴの元に行くような真似《まね》はできない。だが、協力はさせてくれ」

ジュノは路銀と、厩《うまや》につながれた馬車、布団、薪、食料など、旅に必要なものを、裸同然《はだかどうぜん》で町を追放された俺にくれた。また、ケイゴが鍛冶小屋に残した武器防具があったので、借りることにした。その中にはファイアダガーやウォーターダガーもあった。

「ドニーさん。ケイゴは、北のタイラントに向かった。その後はわからない。まずはタイラントへ行って、足取りを追ってくれればと思う」

「了解《りょうかい》した。こちらも、感謝してもしきれないくらいだ。また、この小屋に立ち寄らせてくれ。手紙でも定期的に、調査結果を報告する」

「本当にすまない。あいつのことを、宜《よろ》しく頼む」

俺は、ジュノとエルザに何度も何度も頭を下げられた。

忠誠を誓うバイエルン様から、最後に受け取った唯一《ゆいいつ》の任務。それを遂行できる準備が整った。

ドニー3

身支度を整え、ジュノとエルザに別れを告げた俺は、馬車を北へ北へと走らせた。

俺は焚き火で温めた、ほんのりと赤い色の酒、ミランの果実酒を飲みながら体を温め、ふーっと白い息を吐く。そして、シカの干し肉をかじる。塩気があって美味い。

五臓六腑《ろっぷ》に染《し》み渡《わた》るとは、まさにこのことだ。ハイリッヒの兵隊どもに捕まってからというもの、飲まず食わずでここまで来たのだから当然だ。ジュノとエルザには、感謝してもしきれない。

俺は、馬の体力が続く限り走らせた。途中《とちゅう》モンスターに遭遇することもあったが、幸運にもゴブリンなどの雑魚《ざこ》モンスターだけだった。


……

そして、俺はタイラントにたどり着いた。

俺はまず、馴染《なじ》みの安宿に荷物を降ろす。さてと、聞き込みの開始だ。

まずはと思い、冒険者ギルドに行ってみて驚《おどろ》いた。掲示板《けいじばん》にケイゴとユリナの似顔絵。そしてタイラント貴族名義での、捜し人の依頼があった。情報提供者には金貨二〇枚だと？

俺の頭の中で、タイラント貴族の欲にまみれた顔と部位欠損修復ポーションが結びついた。

しかし、丁度良い。俺はこのクエストを受けるフリをして、ケイゴとユリナの似顔絵を手に入れた。

そして俺は夜、一人机に向かう。ランタンの明かりを頼《たよ》りにここ数日、町の中を回って仕入れた情報を紙にまとめた。

ケイゴとユリナは、数日前までタイラントにいた。そして、ケイゴは馬車を幌馬車に乗り換《か》えた。道端《みちばた》の大道芸人に投げ銭をした。ケイゴとユリナは仲良くタップダンスの舞台を鑑賞した。

ケイゴとユリナが宿泊《しゅくはく》した宿も特定できた。世話をした小僧も。ここからが重要なのだが、どうやらジャイアントアーチンを食べたいと言っていたらしい。

ジャイアントアーチンといえば、トゲを飛ばしてくる厄介《やっかい》な水生モンスターだ。あんなグロテスクなものを食べる？　何かの間違いだろう。

しかし、小僧が嘘《うそ》をつく理由もない。とすると、行き先は水のあるところ、ということになる。そこまで報告書をまとめた俺は、あらかじめジュノと決めた偽名《ぎめい》を使い、エルザの宿屋に手紙を出すことにした。

k-161

俺とユリナさんは、川に沿って幌馬車をカッポカッポと暢気《のんき》に進ませる。

逃避行とはいえ、急ぐ理由もない。果てしない、かくれんぼのようなものだ。

川沿いには、ポツリポツリと集落や村が点在していた。水場には人も動物も集まるものだ。

ある時、俺は焚き火を見つめていると、あることを思いついた。

幌馬車の中で、焚き火ができないだろうか？

幌馬車の中で焚き火をする唯一の問題点は、煙《けむり》の逃げ場所がないことである。ならば、テント用の煙突《えんとつ》を真似《まね》て、作ってしまえば良いだけのこと。

確かに十分に暖かいとは言えない幌馬車の中で、ユリナさんと身を寄せて温め合うのはとても心地が好い。しかし、生活環境《かんきょう》が良いに越《こ》したことはない。彼女が風邪《かぜ》でもひいたら大変だ。

外がマイナス10℃を下回る冬でも、ストーブをガンガン焚《た》いた暖かい家の中で、風呂上がりにバニラアイスを食べるのは、北海道民の常識である。冬にストーブがないなど、俺からすれば許しがたい暴挙である。

石炭と劣鉄《れってつ》のインゴット、金槌《かなづち》などの鍛冶道具一式はもってきた。

しかし、炉《ろ》がない。

もっとも、その問題も馬車を歩かせるうちに解決した。訪《おとず》れた集落に、鍛冶場があったのである。

——名もなき集落。

そこで、俺は炉を貸してほしい旨《むね》を書いた手紙を、いくばくかの銀貨とともに集落の人に渡した。

そして鍛冶場に籠《こ》もること数時間、薪用煙突ストーブが完成した。

床《ゆか》の材料である石材は集落にあるものを譲《ゆず》ってもらった。馬車内で、薪を補充《ほじゅう》するための小さな開口部。煙は上に逃げるので、ストーブの上部に煙突を取り付けた。

幌《ほろ》に煙突の大きさと高さに合わせて切れ目を入れる。そこで、試《ため》しに薪を燃やしてみたが、煙が煙突から逃げた。良い感じになったと思う。

せっかくなので、俺とユリナさんは集落で取引をすることにした。

こちらは、塩、ニンニク、酒、卵、野菜などを仕入れる。

先方には、お金か、余った食料や暇つぶしに作ったファイアダガーを並べて選んでもらうように促《うなが》した。これは何だ？　とファイアダガーについて質問されたので、薪に火をつけるところを実演すると、是非とも欲《ほ》しいと言われた。

結果的に、集落側からは、仕入れる予定以上の物資を頂いてしまった。マルゴがファイアダガーを欲しがる理由が、何となくわかった気がした。

集落の人々からは、泊まっていいかないかと誘われたが、一応追われる身。日のあるうちに、俺とユリナさんは集落を後にしたのだった。

k-162

川沿いの雪道を、パッカパッカと幌馬車が進む。

御者台に座る俺の隣にはユリナさん。一緒にレッドグリズリーの掛け布団にくるまっている。もちろん、アッシュも一緒だ。

ユリナさんの体調を気遣《きづか》って幌馬車を手に入れたのだが、これではあまり意味がない。

だが、これはこれで幸せな気持ちになるので、よしとしよう。

ユリナさんが、頭を俺の肩にトスンとのせる。どうしたのだろう、甘えているのかな。

しかし、彼女を見ると顔が赤く、息が荒《あら》い。彼女のおでこを触《さわ》ってみると、かなりの熱がある。

これはマズイと、俺は一旦《いったん》馬車を止め、布団を敷いて彼女を寝かせる。

馬車を動かすだけでも振動《しんどう》があり、ゆっくり休めない。俺は、木に囲まれた空き地を探し、馬車を止める。

そして、アッシュと一緒に空き地を確認していると。

アッシュが「ウー」と唸りだす。俺はヘルファイアソードの柄《つか》に手をかけ、周囲の警戒レベルを一段階上げる。すると……。

キシャー！

木の上に蜘蛛《くも》の巣があったのか、二メートルはあるだろう、大きな紫色《むらさきいろ》の毒々しい蜘蛛が牙をむき出しにして、俺に飛び掛かってきた。

ドシュ！　ボッ！

俺は一歩身を引いて大蜘蛛の一撃《いちげき》をかわし、剣を抜くと同時に、突きを繰り出す。大蜘蛛の胴体を串刺しにした。それと同時に、大蜘蛛が炎上《えんじよう》する。

ドカッ！

俺は足刀蹴りを繰り出し、大蜘蛛を突き飛ばす。
しばらく大蜘蛛はのたうち回っていたが、絶命した。

『個体名：奥田圭吾は、Ｌｖ19になりました。体力40→43、魔力31→34、気力33→35、力44→45、知能85→86、器用さ44→46、素早さ43→45。ソードピアーシングＬｖ１を取得しました』

そして、俺は大蜘蛛を鑑定した。

【パープルタランチュラ：猛毒《もうどく》をもつ、高レベルのモンスター。その糸に捕まれば、逃げることはほぼ不可能】

危なかった……。アッシュが警戒してくれなかったら、ジ・エンドだった可能性が高い。

【ソードピアーシング：気力を剣に乗せた刺突《しとつ》の一撃】

そして、新たなスキルを取得した。

パープルタランチュラの素材。特に蜘蛛毒が弓使いの俺としては気になるところではあったが、今はそれどころではない、ユリナさんの看病をしなくては。

……

俺は幌馬車の中で、ストーブに薪をくべ、ファイアダガーで火を点《つ》ける。馬車の中が、ほんのりと暖かくなる。そして俺は、ユリナさんのために、薬膳料理《やくぜんりょうり》を作ることにした。

材料は、イレーヌ薬草、ムレーヌ解毒草、ニンニク、シカ肉、ウニの塩漬け、それにパスタを簡単に消化できるように、包丁で細かく砕いたものを鍋《なべ》で煮込《にこ》む。ミランの果実酒を隠し味に入れる。馬車の中に良い匂いが充満《じゅうまん》する。

アッシュにもシカ肉を鍋から取り出し、お皿に入れてあげた。でも、アッシュはよだれでベトベトになりながらも、お皿をユリナさんの方に引きずって、彼女の前でお座りして我慢《がまん》していた。自分のお肉を、ユリナさんにあげるつもりのようだ。

俺はユリナさんの体を起こし、薬膳料理を木のお椀《わん》に入れ、スプーンで食べさせた。

「ほら、アッシュ。ユリナさんは大丈夫だ。お前もご飯を食べなさい」

それでもアッシュは、よだれで毛をベトベトにしながらも、シカ肉を食べなかった。

ユリナさんは、アッシュがよほど愛《いと》おしくなったのか、抱きしめてから、シカ肉を分けてアッシュと一緒に食べていた。

それから、アッシュは安心したのか、ユリナさんの布団の足元で丸くなった。

「前にもこんなことがあったな……」

独り言をつぶやいた俺は、ユリナさんにパルナ解毒ポーションを飲ませると、彼女を再び寝かせて布団をかけてあげた。彼女がキスをしてほしいとせがむので、ほっぺたにおやすみのキスをして彼女を安心させた。

俺は、ストーブに薪を足してから、外で馬の世話や馬車の点検など、諸々《もろもろ》の作業をすることにした。

「アッシュ。ユリナさんのこと頼んだぞ」

「ワン！」

……


そして、俺は厚着をして、暖かい幌馬車の中から外に出た。

寒空を見上げると、透き通るような星屑《ほしくず》をちりばめた夜空が木々の間から見えていた。

「……きっと大丈夫。大丈夫だ」

大切な人が倒れている。不安な気持ちにならない方が、どうかしている。

俺は、医者でもなんでもない。風邪なのかどうかすらも判断がつかない。レスタの町医者であるキシュウ先生は、パルナ解毒ポーションは良い薬だと言っていた。俺は、それを信じるしかない。

彼女のために、今できる限りのことをしよう。最大限の努力をしなければ、この愛は嘘になってしまう。

そうして作業に没頭《ぼっとう》していると、不思議と不安な気持ちは薄《うす》れていった。俺は夜通し彼女の看病をし、気がつけば眠ってしまっていた。

k-163

地面が無くなり、奈落《ならく》の底に落ちていくような感覚を味わったことがあるだろうか。

彼女が死ぬかもしれないと思うと、まるで生きた心地がしない。俺はまさにそういう心境で、彼女の看病をしている。行く先々で、強力なモンスターに遭遇。季節は冬。そして突然《とつぜん》、彼女が倒れた。

ここまで心が折れずにこられたのは、彼女がいてくれたからだ。彼女が倒れて、彼女が自分の中で、どれだけ大きな存在になっていたのかを改めて実感する。

俺は、熱に浮かされる彼女の枕元《まくらもと》で看病を続ける。冷たい水でタオルを絞《しぼ》って彼女のおでこにのせる。咳《せき》をしているので、湯を沸かし、馬車内の湿度《しつど》を上げる。

俺は、不安で不安で仕方がなくなる。

彼女の頭にそっと手をおく。世界で一番愛おしい人。

アッシュは彼女に抱かれて、大人しく布団の中で眠っている。

彼女の苦しそうな寝息と、パチパチと薪の爆ぜる音だけが狭い空間に響く。

これ以上、俺にできることは何もない。側《そば》にいて、彼女の回復を祈《いの》ることぐらいしかできない。

薪ストーブでミランの果実酒を暖めて飲む。少しだけ心が温かくなる。

俺は、ただただ彼女の無事を祈った。

ユリナ1

私はユリナ。

レスタの町の歓楽街で働いている。

小さなお店だけれども、みんな家族のように温かい。


——私には辛い過去がある。


父親の暴力が酷《ひど》く、私と兄は毎日全身アザだらけになるほどの暴力を受けていた。母は、父親の暴力に耐《た》えかねて、私が七歳《さい》のときに自殺した。兄は私の手を引いて、暴力の吹き荒れる家を飛び出した。そして私たちは、スラム街の孤児《こじ》となった。

兄は、病気がちの私に、自分より多くの食べ物を食べさせてくれた。兄は、どこで手に入れた物なのかは絶対に言わなかった。

しかし、私たち兄妹にも限界が訪れた。兄が病気で倒れたのだ。

兄が死ぬまでは、あっという間だった。生きる術《すべ》のない私は、路上で痩《や》せこけ、死を待つしかなかった。だが、救いの手は差し伸《の》べられた。

「あんた、名前は？　私の家に来るかい？」

そう言って、大柄《おおがら》な女の人は、痩せ細った私を抱き上げてくれた。

そう。その人は歓楽街で小さな店を経営しているママだった。


……

ママに拾われた私は、まともな食事を与えられ、衛生的なベッドで休むにつれ、徐々《じょじょ》に回復していった。そして、混濁《こんだく》する意識がまともになり、声もきちんと出るようになると、優しいママに私は。

「お兄ちゃんが！　お兄ちゃんが！」

私はママの胸でぐちゃぐちゃになって泣いた。お兄ちゃんが死んだときは、泣く気力すらなかった。でも、安心したとたんに、涙が溢《あふ》れて止まらなかった。ママは黙《だま》って、幼い私の頭を撫《な》でてくれた。

……

それから私はがむしゃらに働いた。皿洗い、掃除《そうじ》、洗濯《せんたく》。子供ができることはそう多くはなかったけれど、それでもお店の人たちは、私を温かく迎え入れてくれた。誰《だれ》も私を殴《なぐ》ったりはしない。揺《ゆ》り籠《かご》のような穏やかな日々だった。

私の心の傷は、徐々に癒《い》えていった。

……

それから月日が経《た》って、私も大人になった。

――そして私は、ある人に恋《こい》をした。

不思議な人だった。言葉が話せないくせに、ランカスタ語で本を書いて私にプレゼントしてくれた。

寡黙《かもく》な人だった。それでも、私のことを見つめる目は優しさに満ち溢れていた。

凄《すご》く心が繊細《せんさい》で、ピュアな人なのだと思った。だからこそ、美しい。まるで白い大きな鳥のような人だと思った。

……

ある時、私は彼《かれ》の家を訪ねた。

そして、彼と一緒に初雪を見た。その時、私と彼は自分たちの気持ちを確かめ合った。

彼は、雪にぴったりなメロディを口ずさみながら涙を流していたので、私は思わず彼を抱きしめた。そして、「大丈夫だよ」と言って頭を撫でてあげた。彼のことが愛おしくて、愛おしくて仕方が無かった。

——この時、私が負っていた心の傷は、淡雪《あわゆき》と一緒に完全に消えてなくなったのだろうと思う。

……


彼からプロポーズされた。

彼は私の前に跪《ひざまず》き、スッと一輪のユリファの花を差し出して。一生懸命《いっしょうけんめい》覚えたのだろう。たどたどしいランカスタ語で、有名な愛の宣言をしてくれた。

下には私たちを見上げる可愛いアッシュちゃん。

ふふ。アッシュちゃんが神父さんなんて、何て素敵《すてき》なプロポーズなのかしら。

もちろん私は彼に、きちんと愛の宣言を返したわ。今まで生きていて、一番嬉しかった。


……


彼と結婚した私は、父から虐待《ぎゃくたい》を受けていた頃の身体の傷を、彼に隠し通せなくなった。虐待を受けていたことを話すと、彼は怒《いか》りに手を震わせていた。

彼は、すっと液体を取り出し、飲むように言った。それを飲むと、見る見る身体のアザが無くなり、傷ひとつない綺麗《きれい》な身体になった。驚きを通り越して、呆《あき》れたわ。長年のコンプレックスを、こんなにも簡単に消してくれるなんて。

私の夫はきっと、とんでもない魔法使いか何かだわ。私は、彼のことがますます好きになる。彼が私を愛してくれている。私はそれ以上の愛を彼に贈ろう。

——彼の名前は、ケイゴオクダ。世界で一番、愛おしい名前。

k-164

「へっくし！」

おっと、いけない。

俺はユリナさんの看病をしている最中に、眠ってしまっていたようだ。寒さに俺はぶるりと震える。

薪の火が消え、室温が下がっている。俺はすぐに、薪をストーブにくべ、ファイアダガーで火を点ける。

少しずつ幌馬車内の温度が上昇する。

俺はユリナさんのおでこからタオルをとり、手をあてる。よし。まだ熱はあるが、昨日よりは良くなっている。

「ケイゴ……」

「おはよう、ハニー」

俺はユリナさんのほっぺたに目覚めのキスをする。

ユリナさんは沢山汗《あせ》をかいているはずだ。俺はお湯を沸かして、ユリナさんの身体をタオルでふいてあげる。

ユリナさんのお腹《なか》から「グー」と可愛い音が聞こえた。お腹がすくというのは、良い兆候だ。飯にしよう。

俺は、ムレーヌ解毒草とシカ肉でスープを作り、黒パンをふやかした料理を作った。

また、イレーヌ薬草をミランの果実酒に入れ、薪ストーブで温めたものを彼女に飲ませる。

「ダメだ。まだ熱があるのだから、安静にしていないと」

彼女は起きて片付けを手伝おうとするが、俺は布団に押し戻した。その後、俺は彼女にパルナ解毒ポーションを飲ませ、再び寝かしつけた。

アッシュも心配なのだろう、ユリナさんの側から離れようとしなかった。

一〇：三〇
それから、俺は馬車を出て、馬の世話、鍛錬と薪割りをする。その後、放置していたパープルタランチュラを解体して毒腺を得る。

一二：三〇
周りに仕掛《しか》けていたアンクルスネアを確認すると、野ウサギがかかっていた。さっそく、俺は野ウサギを解体し、肉にニンニクと塩を擦《す》り込み、丸焼きにした。辺りに良い匂いが充満したのか、ブルーウルフが寄ってきたので、ダガーで野ウサギの肉をそいで分けてやった。

一四：〇〇

幌馬車の中に入ると、ユリナさんがおとなしく布団で寝息を立てていた。もう大丈夫だと思うが、念のため、今日一日は安静にしてもらう。

俺は、割った薪を抱《かか》えて馬車の中に運び込む。そして、小さくなってきたストーブの火に薪をくべる。

俺はそっと彼女の肩に触《ふ》れて起こす。彼女が俺の顔を見て、安心したように微笑む。そして、二人と一匹は熱々の野ウサギの丸焼きをハフハフ言いながら、分け合って食べた。

「ケイゴ……。手……」

ユリナさんは、眠れないのだろう。布団の中から、俺に甘えるように手を出してきた。俺は彼女を安心させるように、優しく彼女の手のひらを握る。

そうすると、彼女は安心したのか、スッと目をつむり寝息を立てた。

俺には、こうした小川のように穏やかに流れる時間が、とても貴重なもののように思えた。

まともな貴族5

我輩《わがはい》の名はバイエルン。

レスタの町を治めていた貴族であったが、今現在、自宅に軟禁されている……、と言って良いのだろうな。

不肖《ふしょう》の息子によって、我輩の身の回りを世話する者は全て解雇《かいこ》され、代わりに息子の息のかかった者だけが我輩の館にいる。

腹心の部下であったドニーは、町を追放された。我輩は、息子の手の者に常に監視《かんし》されている。外出はもちろん許されていない。

この状態を一般《いっぱん》的な言葉に置き換えれば、軟禁に該当《がいとう》するのだろう。

ドニーに、ケイゴを守れと最後に命じた。ドニーは上手くやっているだろうか。ケイゴのことが心配だ。


――息子は何故《なぜ》、こんなに歪んでしまったのだろうか。

私の教育が間違っていたのか……。幼いころは真っすぐな性格をしていたと思う。教会で修業まで積ませたというのに。

父親失格であるな……。

我輩は自嘲《じちょう》気味に笑った。

それにしても……。

ああ……。メルティちゃん（馬）……。

メルティちゃん（馬）との触れ合いが制限されている。逢《あ》いたくて、逢いたくて仕方がない。馬に乗って逃げられてしまうおそれがある、とでも思っているのだろう。メルティちゃん（馬）に逢うことができない。

軟禁されているのは、百歩譲って受け入れることができる。しかし、メルティちゃん（馬）に逢わせないとは、どういうことか！

我輩は血走った目で、監視の兵士を睨む。

我輩の最も大切な癒《い》やしの時間を奪《うば》うなど、言語道断！

しかし、力で抑《おさ》え込まれてしまう以上、我輩にはどうしようもない……。

我輩はせめてもの慰《なぐさ》みにと、書斎《しょさい》で紙にメルティちゃん（馬）の絵を描き愛《め》でる。

こうして何の変化もない、真綿で首を締められるような日々が幾度《いくど》となく繰り返されていく。

k-165

念のため安静にしていたおかげか、ユリナさんはすっかり元気になっていた。

そして俺たちは、再び馬車を進める。

行き場の特にない逃避行だ。ゆっくり行こう。

地図によると川に沿って下れば、そのうちベイリーズという町が見えてくるはずだ。そこで、物資を調達しよう。特段、何かが不足しているわけでもない。のんびり行くさ。

ユリナさんは御者台に座りたがっていたが、大人しくアッシュと一緒に、幌馬車の中にいてもらった。病《や》み上がりなのだから、無理はさせられない。

川沿いを、パッカパッカと幌馬車は進む。

すると、川からザパっと大蛇《だいじゃ》が首をもたげ、こちらを睥睨《へいげい》した。

モンスター、サーペントだった。

俺は馬車を止め、スラリとヘルファイアソードを抜く。

このモンスターなら、既に攻略《こうりやく》済みだ。

俺は、ウインドを放つタイミングを見計らいながら、サーペントに近づく。

サーペントが、俺に向かって毒のブレスを吐くモーションに入る。

「ウインド!」

ブオオオオ!　ジュワ!

サーペントは自分の吐いた毒のブレスをモロにくらって、のたうちまわった。

ドス!

俺は、隙だらけのサーペントの頭に向かって、ソードピアーシングを放つ。

頭を串刺しにされたサーペントはしばらくウネウネしていたが、やがて動かなくなった。

『個体名：奥田圭吾は、ソードピアーシングLv2を取得しました』

そういえば、サーペントの肉って結構良い値段で売れていたなと思い出す。

よし。ものは試しだ。

今日のところは、この辺りで一泊《ぱく》することにした。馬車を川沿いの高台に止めた俺は、サーペントの肉を得るべく、解体に取り掛かることにした。

k‐166

辺り一面に、香《こう》ばしいあの匂いが立ち込める……。

焚き火の周りには俺、ユリナさん、アッシュ、そしてヨダレを垂らしたブルーウルフたち。

そう、この匂いに俺は覚えがある。ウナギの蒲焼《かばやき》である。

キツネ色に輝く、サーペントの肉。否《いな》、ウナギの蒲焼を皿に盛り付け、俺は試しにそっと口に運ぶ。

パク……。ホロ……。ドドーン。

俺の背後に稲妻《いなずま》が轟く。俺は、エールを一気に飲み干した。

俺の脳裏《のうり》に、浅草の名店で食べた、ホクホクの高級うな重がよぎる。夏の暑い日、うな重と生ビールの組み合わせが最高だったよな……。

秘伝のタレはないものの、塩だけでも十分すぎるほどに美味い。浅草の名店も真っ青な、美味さである。

それから俺は、金網《かなあみ》を使い、ウナギの蒲焼をジャンジャン焼きまくった。

ユリナさんもウナギの蒲焼を口にした瞬間、硬直したものの、その後は目を輝かせて食べていた。

ウニにウナギ。この川はグルメの宝庫だな。

……

もう、食えない。

サーペントは哀《あわ》れにも、跡形《あとかた》もなく綺麗に完食されてしまった。

ブルーウルフたちも食べ過ぎたのか、お腹を出して焚き火の周りで寝転《ねころ》がっている。

……

ウナギを堪能した俺とユリナさんは、川の水を汲《く》んで風呂を沸かすことにした。

ユリナさんに先に入ってもらい、その後に俺が入る。アッシュはユリナさんと一緒。

俺は風呂の横に台を置き、とっておいたウナギの蒲焼を肴に蒸留酒をロックでやる。

ふー。久々の風呂で、体中の凝りがほぐれていくのを感じる。

俺はホットタオルを目に当て、目の筋肉もほぐす。とても心地が好い。

露天風呂《ろてん》につかりながら、ウナギの蒲焼を食べつつ、蒸留酒をロックでやる。空を見上げれば、蒼い満月と満天の星。そして、野鳥の鳴き声。

風呂から上がった俺は、幌馬車に入り、ストーブの前で髪を乾かす。ユリナさんの長い髪が十分に乾いていなかったので、ウインドで乾かしてあげる。アッシュも足元で甘えてきたので、頭を撫でてやる。

それから、改めて俺とユリナさんは蒸留酒ロックで今日の収穫《しゅうかく》に乾杯をする。

旅はするものだ。こんなにも、毎日が新鮮《しんせん》な発見で満ちている。こんな日々がやって来るとは、小屋で一人引きこもっていた頃には想像もできなかった。

それから、二人と一匹は幸せな気持ちに包まれて、夢の世界へと誘われていったのだった。

ドニー4

俺は、タイラントを後にし、ケイゴの後を追った。

なんか、今日はやけに行商人を見る気がする。

まあ、良い。

俺は馬車を東へ東へと走らせる。

すると、川にジャイアントアーチンの殻とキャンプ跡《あと》があった。これは、もしかするとケイゴたちのものかもしれない。

近くに集落があったので、聞き込みをしてみる。

川辺でイチャイチャする、幌馬車に乗ったカップルがいたとの証言を得た。きっと、ケイゴとユリナだろう。どこへ行ったかを聞いてみたが、何日か滞在《たいざい》したあと、フラっとどこかへいなくなってしまったとのこと。

俺は、車輪の跡を辿《たど》り、川下へ向かうことにした。

俺は、道にある集落をまわったが、中々有益な情報が得られない。その中で、とある名もない集落にて、ケイゴらしき男と取引をしたという人々がいた。

その中の男は、ケイゴからファイアダガーを得たようで、食料や酒など、旅に必要なものと交換《こうかん》したそうだ。また、鍛冶場で何かを作っていたらしい。

俺は、その集落でお金を払い、食料や薪を調達し、調査を続行することにした。

そして、俺は集落を出るとき、人の好さそうな行商人とすれ違ったのだが、あまり気に留めることはなかった。

k‐167

俺は今、ランタンと薪ストーブの明かりを頼りに、紙にペンを走らせている。

彼女はなぜ、こんなにも素敵な笑顔でいられるのだろう。

彼女は決して純粋無垢《じゅんすいむく》などではない。父親から虐待され、歓楽街という決して健全とは言えない環境の中で育ってきた。

それでも、素敵な笑顔でいられるのは、素敵な人たちに囲まれていたからだと俺は思う。

あのお店のお姉さんたちは皆《みな》、何らかの事情を抱えているようだ。

その人たちをママが救い、皆で寄り添うように生きてきたのだそうだ。彼女は、特に仲の良かったお店の友人の話をよく俺にしてくれる。

「寂しい？」と聞いたら、「今は、ケイゴと冒険ができて、とっても幸せ」と彼女は答えてくれる。

それでも、やはり彼女にとっての家であるお店には、いつか帰らせてあげたい。

彼女は言った。道端の泥《どろ》の中に咲《さ》く、赤いガーベルの花が好きだと。決して上品ではない。でも、その力強さに元気をもらえると。

そうなのだ。俺も彼女の明るい笑顔や仕草に、いつも元気をもらっている。

彼女は、あえて馬鹿なことを言って、まわりを明るくする。俺は、そんな明るい彼女のことが大好きだ。

ふと、俺は思う。

きっと傷一つない純粋無垢な人だったとしたら、俺は彼女のことをここまで好きになっていなかっただろう。俺はきっと、辛い過去を乗り越え、厳しい環境の中、懸命に明るく生きる、まるでガーベルの花のような彼女の生き様に惚れたのだ。

明日、彼女が目を覚ましたら、この手紙を見せよう。そして、改めて自分の素直な気持ちを伝えよう。

そう。俺は毎日彼女に、新鮮な恋をしている。

ハインリッヒ9

フフフ……。

私は次々ともたらされる、ケイゴオクダの足取りに関する報告書を読みながら、右手の中指で銀縁眼鏡をクイっと上げる。

そこには……。

『ドニーは現在、タイラントから東に向かい、川沿いを川下に向かって移動中』

と書いてあった。

私が何の理由もなく、ドニーを殺さずに町を追放するわけがない。

ドニーめ。泳がされているとも知らずに、全く馬鹿なヤツだ。

ドニーには、行商人に扮《ふん》した手下を張り付かせている。ドニーはケイゴオクダと仲の良かった者どもの支援《しえん》を受けて、ケイゴの元へ向かった模様。

つまり、ドニーを監視していれば、勝手にケイゴオクダの元に案内してくれるというわけだ。

フフフ……。

ジルの騎兵《きへい》部隊は、タイラントの町に待機させている。ドニーがケイゴオクダを発見次第、急行させる手はずになっている。

私が、金の成る木を手に入れる日は近い。私は、部位欠損修復ポーションを大金で買い漁《あさ》る貴族どもと金貨の山を想像し、舌なめずりをする。

金は力だ。私は、レスタの町の一貴族で終わるつもりは毛頭ない。その金で一大兵団を築き上げ、貴族の社会でのし上がる算段をしている。

ユリナを人質《ひとじち》にとり、ケイゴオクダの力を利用すれば、それが現実に可能となる。

私は、このくだらないチェイスゲームに、もう間もなくピリオドが打たれることを確信した。

ジョニー3

俺はジョニー。モヒカンをこよなく愛する男だ。

しかし、俺のモヒカンが……。

俺は、鏡で不毛の大地と化した頭を見て、絶望する。ついつい癖《くせ》で、マイクシを右手に持ってしまう自分が悲しい。

俺は、あの部位欠損修復ポーションを欲《ほっ》してやまない。

俺のゴキゲンなモヒカンが自慢《じまん》だった子分たちも、心なしかションボリしている。


……


俺たちのアジトにあの老紳士《しんし》がやってきた。

「これが最後のチャンスです。ケイゴオクダの追跡《ついせき》部隊に参加してください」

老紳士は笑顔だったが、目が全く笑っていない。

俺と子分たちは震え上がった。こ、殺される……。

「あ、あにき……」

「お、おう……。解ってる。逆らうな……」


……


俺と子分たちは、逃げたケイゴオクダの追跡部隊に配置された。

今俺たちは馬に乗り、レスタから北の町、タイラントへ向かっているところだ。

「あーにきー！」

子分たちに元気が戻った。俺のモヒカンが復活するかもしれない、という期待感。そして、単純に騎兵隊ごっこが楽しいのだろう。

子分たちのためにも頑張らねば。今は無き、モヒカンの復活のために。

俺は考える。このままケイゴオクダを捕らえたとして、部位欠損修復ポーションを手に入れることができるとは思えない。なぜならば、この部隊の雇《やと》い主であるハインリッヒが独占《どくせん》してしまうからだ。とすれば、俺たちがとるべき行動は。

俺は子分たちと、今後の行動の方針について打ち合わせをすることにした。

k-168

「おはよう、ハニー」

「おはよう、ケイゴ」

そして俺たちはもう、何度目か分からなくなった、甘い口づけを交わす。

俺は、昨日の夜に書いた手紙をユリナさんに渡す。まるで、告白している気分だ。

彼女は手紙を何度も何度も読み返すと、俺に抱きついてきた。俺も彼女を抱きしめる。そしてまた、情熱的なキスをする。

足元で、呆れたアッシュが欠伸をした。

……

ユリナさんが上機嫌だ。エプロン姿で朝食を作っている。その間、俺は鍛錬やその他の作業にあたる。朝食を食べた後、出発だ。

俺たちは、馬車を川沿いにゆっくりと歩ませる。ユリナさんは俺の隣。ユリナさんと腕《うで》を組んでいる状態は物理的に不便ではあるが、それ以上に心が温かい。

ユリナさんには寒空の中、あまり無理をしてほしくない。しかし、ほっぺたを膨らませて抗議《こうぎ》するユリナさんが可愛くて、きちんと暖かい格好《かっこう》をするという条件付きで、結局俺が折れた。

幌馬車の中で、アッシュがフンフン言っているので、ユリナさんが連れてきた。実に狭い御者台である。

ユリナさんと一緒に包《くる》まっている掛け布団から、アッシュの可愛い頭がぴょこんと出てきたので撫でてやる。

俺は、ふあと欠伸をする。川のせせらぎと単調な馬の足音が俺の眠気《ねむけ》を助長する。

平和だ……。

……

そして、ようやく町が見えてきた。俺は地図とにらめっこをする。あれが、ベイリーズの町だろうか。

一六：〇〇

俺たちはベイリーズの町に入る。冒険者ギルドのカードを見せると町に入ることができた。

宿をとった後、ベイリーズで商店を探し、必要物資を補充する。牡蠣《かき》に似た貝があったので、仕入れた。

また、商人がオススメだと言って出してきた粉を舐《な》めてみると、それは砂糖だった。精製技術が発達途上《とじょう》なのか、真っ白な砂糖ではなかったが、それでも俺は、砂糖を馬車に積めるだけ仕入れた。

一八：〇〇

俺は、宿の外にあるスペースで焚き火をし、牡蠣でオイスターソースもどきを作ることにした。材料は牡蠣に似た貝、塩、ニンニク、タマネギっぽい野菜、砂糖。これを混ぜて煮詰《につ》める。そして、十分に煮詰まったソースをカクハンして完成だ。

オイスターソースを、壺《つぼ》に入れて保存する。鶏肉《とりにく》を仕入れたので、オイスターソースで焼き鳥を作ることにした。今日は焼き鳥パーティだ。

俺は鶏肉にオイスターソースを塗《ぬ》り、金網で丹念《たんねん》に焼き上げていく。あたり一面に香ばしい匂いが充満する。

孤児と思われる少女が、物欲しそうにこちらを見ている。ユリナさんは少女を呼び寄せ、焼き鳥を分けてあげた。ユリナさんはおそらく、自分の子供時代のことを思い出したのだろう。沸かしたお湯で、少女の体を拭《ふ》いてあげていた。

俺もユリナさんの過去を思うと、少女のことが見捨てられなくなった。俺は、金貨一枚を宿屋に支払《しはら》い、少女が泊まれるようにした。

レスタだけではない。ベイリーズにも、孤児がいた。俺は、本当に自分が無知なのだと愕然《がくぜん》とした。愛する伴侶が過去、同じ目に遭《あ》っていた。決して、他人事《ひとごと》ではない。

……

「ケイゴオクダ！」

「ドニーさん！」

俺とユリナさんが焼き鳥に舌鼓《したつづみ》を打っていると、見知った顔が現れた。それは、バイエルンさんに仕える兵士のドニーさんだった。俺はドニーさんを我が家の食卓《しょくたく》に迎え入れ、エールと焼き鳥でもてなすことにした。

そして、ドニーさんの話を聞いた俺は、彼の身に起こったことに愕然とし、ここまで俺を追ってきてくれたことに感謝した。

k‐169

翌朝、すぐに俺たちはベイリーズの町を出た。

ドニーさんは俺が追われていること、そして何かあった場合、加勢するために来たと言っていた。逃げている間、ドニーさんが護衛してくれるそうだ。

聞くと、ドニーさんはバイエルン邸《てい》で兵士長をしていたそう。頼もしい限りだ。

俺たちは、引き続き川下を目指すことにした。


……


しかし、とある夜。

「ウー」

アッシュが唸りだす。俺はヘルファイアソードと盾を手に取る。

「○×△▼■‼」

外で誰かが叫《さけ》んでいる。そして、剣戟《けんげき》と馬の足音。俺は心配そうな顔をするユリナさんに隠れていてとジェスチャーをする。

外を窺《うかが》うと、俺たちは騎兵に囲まれていた。間違いなく、ハインリッヒの手勢だろう。五〇人は下らない。

ドニーさん。そして、なぜかユリナさんを誘拐《ゆうかい》しようとしたゴロツキたちが、懸命に騎兵たちと戦っている。ブルーウルフたちも敵を威嚇《いかく》している。


ボッ！


俺はヘルファイアソードを抜き、ドニーさんの背中を狙う騎兵に火球を放つ。

そして俺は、ドニーさんと背中合わせになり、敵兵を睨みつける。

そして俺は、声にならない雄《お》たけびを上げた。


……


――本物の命のやりとりだ。一秒がやけに長く感じる。

俺はフォートレスを発動し盾で防御《ぼうぎょ》、ヘルファイアソードの火球で敵をけん制する。しかし、敵に何らかの能力者がいるのか、目に見えない壁《かべ》にはじかれてしまう。

なぜだろう？　敵は俺を取り囲み、剣を突きつけてはいるが、一向に襲って来る様子がない。

――その時だった。

「×○■！」

幌馬車に隠れていたユリナさんが、敵に剣を突きつけられた状態で馬車から出てきた。ユリナさんを人質にとった敵が、武装を解除するように言っているのは一目瞭然《いちもくりようぜん》だ。

アッシュがユリナさんを人質にとった敵の足に、一生懸命飛び掛かっては敵に蹴《け》り飛ばされるのを繰り返している。それでもアッシュはボロボロになりながら、勇猛果敢《ゆうもうかかん》に敵と戦っていた。

――ゲームオーバーだな。

俺は剣を地面に放《ほう》り投げ、両手を上げて降伏《こうふく》の意思表示をした。ここまでだ。そうしないと、ユリナさんやアッシュが殺されてしまう。敵の目的はわからないが、襲って来る様子がなかった。一《いち》縷《る》の望みをかけ、俺はユリナさんの命を救うため、虜囚《りよしゆう》となることを選択《せんたく》した。

「みんなやめてくれ！　死なないでくれ！　ブルーウルフは逃げるんだ！」

――ブルーウルフだけは逃げないと、確実にモンスターとして殺されてしまうだろう。

俺の心からの叫びを聞いた、ドニーさん、ゴロツキたちも武装を解除した。ブルーウルフたちも、グルルルと唸りながらも戦闘《せんとう》をやめ、俺の指示を理解したのか、逃げてくれた。アッシュはユリナさんを人質にとった敵に唸りながらも、攻撃するのをやめてくれた。

そして、俺たちは手足を縄《なわ》で縛られ、幌馬車の中に詰め込まれた。

こうして、二人と一匹の新婚旅行、兼《けん》逃避行劇は終焉《しゅうえん》を迎えたのだった。

第七章　抗う理由はそれだけでいい

shousyaman no isekai survival

マルゴ12

俺《おれ》はケイゴの手紙を読んだあの夜。唯一無二《ゆいいつむに》の親友を失ったあの日。もう一度、覚悟《かくご》を決めた。

——俺は絶対に、理不尽《りふじん》に奪《うば》われた親友を取り戻《もど》す。

できることをやらないで、後悔《こうかい》などしたくはない。

——俺は仲間とレジスタンスを結成する。

ミッションは一つ。

軟禁《なんきん》されているバイエルン様を助け出して、ハインリッヒを権力の座から引きずり下ろす。

リーダーは俺だ。当然、失敗すればハインリッヒに殺される。サラサも許されはしないだろう。

貴族に喧嘩《けんか》を売るのだ。

それは、自分だけではない。サラサという妻の命も、危険に晒《さら》す行為《こうい》である。

サラサすまん。だが俺には、親友を見捨てることなど絶対にできない。

そして、そのことをサラサに打ち明けたら。

「何よ、水臭《みずくさ》いことを言わないで頂戴《ちょうだい》。ケイゴを助けるなんて当たり前のことじゃない！」

烈火《れっか》の如《ごと》く激しい気性《きしょう》のサラサは、そう言った。

そして彼女《かのじょ》は商人として、財力面でバックアップしてくれると言ってくれた。俺の店にある武器防具だけでは足りない。ポーションも必要だ。持久戦となれば、食料も必要だ。


……


俺はすぐに、ジュノとエルザにも協力を要請《ようせい》した。エルザは宿をアジトに使って良いと言ってくれた。ジュノは大きな戦力になるし、信用できる冒険者《ぼうけんしゃ》仲間にも声をかけると言ってくれた。

歓楽街《かんらくがい》のママにも声をかけた。ユリナさんを可愛《かわい》い娘《むすめ》のように思っているママからは、全面的なバックアップの約束を取り付けた。歓楽街は侮《あなど》れない。女たちのつながりは強く、彼女たちに骨抜《ほねぬ》きにされている男も多い。

俺には武器屋という職業柄《がら》、馴染《なじ》みの冒険者が沢山《たくさん》いる。ヒヨッコの頃《ころ》から面倒《めんどう》をみている奴《やつ》などを数えれば、キリがない。俺は、馴染みの信頼《しんらい》できる冒険者たちに声をかけた。


……


不思議と失敗する気がしない。

冒険者たちと話していると、バイエルン様は意外にも好かれているようだ。

バイエルン様は、権力の座から身を引いた後も、町の者に丁寧《ていねい》に迷惑《めいわく》をかけたことを謝罪して回っていたらしい。近頃《ちかごろ》姿が見えなくなって、皆《みな》心配していたそうだ。

バイエルン様がハインリッヒに軟禁されていることを明かすと、町の皆は憤慨《ふんがい》した。ケイゴに命を助けられた冒険者も、ケイゴがハインリッヒに狙《ねら》われ町を追われたことを知ると怒《おこ》った。

そうだ。俺は一人じゃない。

俺は町の皆との『しがらみ』の中にあるのではない。『つながり』の中にあるのだと知った。

ママ1

私は歓楽街で、小さい店を経営している。娘たちからは、「ママ」と呼ばれている。

ある時、こんなことがあった。

「くくっ！　ケイゴオクダの奴、ざまあないぜ。今頃はユリナって女と一緒《いっしょ》に捕《つか》まって拷問《ごうもん》でも受けてるところさ」

戦士風の男の一人が、うちの娘の肩《かた》を抱《だ》きながらそう言った。

――ズン！

戦士風の男の顔をかすり、後ろの壁《かべ》に凄《すさ》まじい音とともに私の拳《こぶし》がメリ込《こ》む。

「あん？　もう一度言ってみな。ユリナが何だって？」

震《ふる》え上がる戦士風の男。私は壁ドンならぬ壁ズンをした。どうだい、戦士さん。私に惚《ほ》れたかい？

私は、その戦士風の男に全《すべ》てを吐《は》かせた。

お高くとまった貴族様は、ずいぶんとやんちゃな性格をしているようだね。

これは、ちょいとお灸《きゅう》をすえる必要があるね。私の可愛い娘に手を出すなんざ、許しておけないねえ。

……

その後、タイミングが良いことに武器屋のマルゴが必死の形相で私に協力を要請してきた。

「ママ。ケイゴとユリナを助けるために協力を頼《たの》みたい。バイエルン様を軟禁されている館《やかた》から助け出したいんだ。作戦は……」

「可愛いユリナが可哀想《かわいそう》な目にあっているんだ。協力するなんざ、当たり前さ。今日は店じまいだよ！」

そう言うと、ママは店から客を全て追い出した。

「あんたたち、ユリナの一大事だ。作戦は後で説明するから、知り合いの娘どもに声をかけてきな。報酬《ほうしゅう》はたっぷりはずむとね！」

私は、ケイゴがユリナを連れ去る際に置いていった革袋《かわぶくろ》から大量の金貨を取り出し、床《ゆか》にばらまいた。娘たちから歓声《かんせい》が上がる。

「ママ、恩に着る。決行は明日の夜で頼む。アジトの場所はここだ。夕日が沈《しず》む時刻に集合してくれ」

マルゴはそう言いながら、町の地図のとある場所を指差した。

そして、マルゴは足早に店を出て行った。

サラサ7

私はサラサ。

私はマルゴの妻であることと、もう一つ商人という顔をもっている。

夫のマルゴが、思いつめたような、本当に申し訳なさそうな顔で私に相談してきた。

「ケイゴを助けたい。そのためには、バイエルン様をハインリッヒの軟禁状態から救い出さなければならない。これには、命の危険が伴《ともな》う。でも俺は、やらないと多分一生後悔すると思う。頼む、協力してくれないか？」

私は夫の決断をむしろ喜んだ。親友を救うために、命をかけられる男なんて素敵《すてき》じゃない。

「何よ、水臭いことを言わないで頂戴。ケイゴを助けるなんて当たり前のことじゃない！」


……


それから私は、商人としての伝手《つて》をフル活用して、エルザの宿屋に食料、ポーション、武器防具など戦いに必要なものを運びこんだ。二階建ての宿屋は広く、倉庫もあってレジスタンスのアジトにはもってこいだった。

既知《きち》の信用できる行商人たちには、ハインリッヒの悪事を暴露《ばくろ》して協力を仰《あお》いだわ。戦う者には、物資以外にも報酬を支払《しはら》う必要がある。正義感でやっているから不要だと言うかもしれないけれど、命をかけるのだもの、ボランティアというわけにはいかない。

また、町医者のキシュウ先生から、マルゴからリクエストのあった『とある薬』を仕入れた。何に使うのかしら？

キシュウ先生にも協力を仰いだら、快諾《かいだく》してくれた。エルザの宿に詰《つ》めて、レジスタンスメンバーの治療《ちりよう》を担当してもらうことになった。

レジスタンスの名前は『蒼《あお》の団』。ケイゴの好きな色だから。

私は、『蒼の団』のメンバーに配るため、革職人にブルーウルフの毛皮でブレスレットを作るよう依頼《いらい》した。

救出作戦の決行は明日の夜だ、とマルゴは言っていた。夫を奮い立たせるために、ああは言ったものの、貴族に盾突《たてつ》くことは、正直非常にリスクの高い行為だと思う。

「……大丈夫《だいじようぶ》。きっと、大丈夫」

私は人知れず、ぬぐい切れない不安をかき消すために、そうつぶやいた。

ジュノ9

マルゴから、ケイゴを助けたいという相談を受けた。

「ああ、やっぱりか、マルゴ。お前ならそう言いだすと信じてた」

「すまん……。だが、俺にはどうしても許せねえんだ」

「水くせえこと、言うんじゃねえよ」

仲間を助けるなど、当たり前のことだ。

ケイゴはケイゴで、自分を犠牲《ぎせい》にしてでもユリナさんを守り抜《ぬ》くだろう。俺はその生き様を本当に格好《かつこ》いいと思っている。

そして、ようやくマルゴが動き出した。俺はこの時を待っていた。

俺には、財力はないが、武力がある。俺は、ケイゴが去る後ろ姿を見たその瞬間《しゅんかん》から、とっくに覚悟を決めていた。

俺は、エルザの宿屋でつながりのある、冒険者連中に声をかけた。

武力は一人でも多い方がいい。しばらく宿代をタダにすること、サラサが報酬を支払うことで折り合いをつけた。正直言って、冒険者連中からすれば、統治者がハインリッヒだろうが、バイエルン様だろうが、あまり興味関心がないのだろう。

しかし、俺はハインリッヒの悪行とケイゴという仲間がそのおかげで大変な目に遭《あ》っていることを説明し、冒険者仲間を説き伏《ふ》せた。バイエルン様が改心したことは冒険者の間でも周知の事実だったので、概《おおむ》ね問題はなかった。

そして、俺は宿屋の庭で一人、自らの牙《きば》を研《と》ぐ。


ドシュッ！


俺は、剣《けん》を横なぎに振《ふ》るう。

安心しろ、ケイゴ。敵は全部、俺が斬《き》り伏せる。

今日はレジスタンスの結成日だ。

俺は団長のマルゴを補佐《ほさ》する立場。マルゴから、冒険者連中のまとめ役ということで、副団長を任された。

ケイゴとユリナさんをレスタの町に取り返す。

俺は心の中で、静かに蒼い炎《ほのお》をたゆらせ、バトルクライを上げた。

エルザ4

私はエルザ。

レスタの町で宿屋を経営している。

私には、お付き合いをしているジュノという冒険者の彼氏《かれし》がいる。

そして、私には彼氏と共通の親友がいる。

名前はケイゴとユリナという。私にとってもジュノにとっても、毎日のように行き来をして、本音をさらけ出せる数少ない友人だ。

レスタの町はずれに住んでいて、二人は本当に幸せそうに暮らしていた。

しかしその二人を、この町を牛耳《ぎゅうじ》るハインリッヒという悪い貴族が私欲のために捕《と》らえようとしている。

私のパパは、町議会の議員をしている。元々パパとママがこの宿を切り盛りしていたものを私が引き継《つ》いだ。

ハインリッヒの動向も、父経由で情報を仕入れた。

私は共通の友人であるマルゴとサラサと共に、ケイゴとユリナが逃《に》げるところを見送った。

ケイゴから手紙をもらったけど、必ず戻るなんて強がりを言っていた。そんなの無理に決まっているじゃない。あなたが優《やさ》しいのは知っているけど、優しさは時に罪なのよ。

ジュノもケイゴと同じことを言っていた。男って本当にバカ。そんなことで、私が喜ぶとでも思っているのかしら。

その後、マルゴとサラサが、ケイゴとユリナを助けるから協力してくれと言ってきた。当たり前だわ。私はむしろ、その言葉を待っていた。

私の役割は裏方。

町議会議員であるパパのツテを最大限活用することと、宿屋をレジスタンス蒼の団のアジトとして管理すること。信頼する使用人たちに声をかけ、協力してもらうことにした。

ケイゴとユリナが理不尽に追われているのも納得《なっとく》がいかない。なぜ、あんなに良い人たちが不幸にならなければならないのか。

パパに、親友であるケイゴとユリナがどんなに酷《ひど》い目に遭っているのかを話したら、協力すると言ってくれた。

もう後には引けない。

ジュノが武力で戦争をするなら、私は私で武力以外の戦争をする。

悲しい結末を迎《むか》える可能性は高い。それならば、せめて後悔しないように全力を尽《つ》くす。

私は、ジュノや親友たちが背負っている覚悟という荷物を、少しでも自分で背負うと決めた。

――今は決して叶《かな》わない記憶《きおく》。

遠い過去のように感じられる記憶。ケイゴの小屋。皆で乾杯《かんぱい》して、馬鹿騒《ばかさわ》ぎしている自分たちの姿を、私は夢想した。

レジスタンス

――レスタの町のとある場所。そこは、異様な熱気に包まれていた。

一見、宿屋の酒場に見えるその場所は椅子《いす》やテーブルが片付けられ、多くの人が集まっている。そして、人々の腕《うで》には蒼い毛皮で作られたブレスレットがつけられていた。

その中には、ケイゴに治療され命を助けられた冒険者たちや、ユリナとつながりのある歓楽街の女たちの顔が、ちらほらと見える。

木のテーブルで作られた台に、マルゴとジュノが上がり、全員を見る。

「俺はマルゴ。レジスタンス蒼の団の団長を名乗らせてもらっている。集まってくれた皆には本当に感謝している。ありがとう」

そう言うと、二人は壇上《だんじょう》から深々と頭を下げた。集まった人々は、マルゴが次に何を言うかを傾《けい》聴《ちょう》している。

「今日、この日。ハインリッヒを倒《たお》し、バイエルン様を復権させるため、レジスタンス蒼の団が結成されたことを、ここに宣言する。ハインリッヒは私欲のために、バイエルン様を軟禁し、何の罪もない俺たちの仲間を捕らえようとしている。俺にはそれが許せねえ……」

皆が、マルゴの続きの言葉を待っている。

「ハインリッヒに追われている仲間の名前は、ケイゴオクダとユリナという。知っている者も多いはずだ。俺は、どうしてもそいつらを助けたい。賛同してくれる奴は右手を挙げてくれ」

——そう言うとマルゴは、腕に蒼い毛皮のブレスレットをつけた拳を天井《てんじょう》に向けて突き上げた。

そこにいる人々は無言で右拳を天井に突き上げた。全員の表情が「当たり前だ」と言っている。

「まずは、ハインリッヒに軟禁されているバイエルン様を解放する。作戦の決行は今夜だ。では、作戦の詳細《しょうさい》を副団長のジュノから伝える……」

……

場所はバイエルンの邸宅前。

邸宅は、ハインリッヒの私兵により厳重に警備されている。

そこへ美しい夜の蝶《ちょう》たちが、酒瓶《さかびん》とグラスをもってコート姿で現れる。歓楽街のママが酒樽《さかだる》の載《の》った荷車を門前で止めると、門番の兵士に挨拶《あいさつ》をする。

「兵士さん。こんな遅《おそ》くまでご苦労さんだね。こいつは、私たちの店からのプレゼントさ。たまには、息抜《いきぬ》きも必要だよ」

「いや、我らは職務中なのだ……」

しかし、すぐに兵士たちの理性という頑強《がんきょう》な要塞《ようさい》は木っ端微塵《ぱみじん》に粉砕《ふんさい》される。お姉さんたちがコートを脱《ぬ》いだのである。


——ボン・キュッ・ボン！


兵士たちの鼻の下がデローンとのびる。

「そ、そうだな、うむ。たまには息抜きも必要だ。邸宅の中で酒盛りをする分には大丈夫だろう……」

兵士たちは夜の蝶たちの肩を抱きつつ、バイエルンの邸宅に招き入れたのだった。


……

邸宅近くの雑踏《ざっとう》の陰《かげ》に、蒼い毛皮のブレスレットをつけた男たちがひっそりと隠《かく》れていた。救出作戦の実行部隊。ジュノを筆頭とする冒険者たちである。

酒樽を邸宅内に入れたママが、雑踏の陰から見守るジュノら、冒険者たちの元へとやってきた。

「ママ、作戦の状況《じょうきょう》はどうですか？」

ジュノがママに問う。

「驚《おどろ》くほど順調さね。中庭ではキシュウ先生特製の睡眠薬《すいみんやく》入りとも知らずに、デレデレの兵士たちが酒盛りを始めているよ」

そう。女たちが持っていた酒瓶や運び入れた酒樽の中には、サラサが町医者のキシュウから手に入れた睡眠薬が入れられていたのである。

そして、しばらくすると、邸宅の門から一人の女が出てきて、蒼い毛皮のブレスレットのついた右手を突き上げ、グルグルと回す。ゴーのサインである。

雑踏の陰から飛び出した蒼の団の男たちは、静かにバイエルンの邸宅内に侵入《しんにゅう》したのだった。

ジュノ10

邸宅に侵入した俺たち蒼の団は、無事バイエルン様を救出することに成功した。

邸宅内に入ると、ハインリッヒの私兵たちは全員夢の中だった。

俺たちは、ロープで敵の手足の自由を奪って、邸宅の一室に押《お》し込んだ。

俺は、戦闘《せんとう》にならなかったことに、ほっと胸をなで下ろす。

敵とはいえ、レスタの町の住人であることには変わりない。無益な殺生はしない。団員全員で決めたことだ。

俺たちはバイエルン様と、その愛馬を護衛しつつ、アジトに戻る。

するとそこには、町議会に向かうために用意された馬車。その脇《わき》に、説得に成功していた冒険者ギルドマスターのシュラク、エルザの父親、マルゴが立っていた。


――そして、作戦の最終フェーズ。


町議会の開催《かいさい》が刻一刻と迫《せま》っていた。

バイエルン様、シュラク、エルザの父親は馬車に乗り込む。そして、俺とマルゴが護衛した馬車は、ゆっくりと歩みを進めたのだった。

町議会

その日、レスタの町では町議会が開催されていた。

ずらりと席に並ぶ議員たち。

最後に貴族であるハインリッヒが入室する。

否《いな》。最後ではなかった。シュラクと、エルザの父親がまだだった。本来であれば、貴族より先に入室するのが慣わし。しかし、この日ばかりは事情が異なった。

「どれ、我輩《わがはい》もこちらに入らせてもらうぞ」

そう言って会議場に入ってきたのは、ハインリッヒによって軟禁されているはずのバイエルンだった。シュラクとエルザの父親を従え、また、マルゴとジュノが護衛の任に就《つ》いている。

「な！　なぜ、父上が！」

ハインリッヒが、ありえないという顔で絶句する。

「わが息子《むすこ》よ。お前であれば大丈夫だと思ったのだがな……。何が、お前をそうさせたのかはわからない。しかし、行動が全てを物語る。我ら貴族に求められるのは賢《さか》しさではない。モラルだ。我輩の恩人であるケイゴオクダを利用し、私腹を肥やそうなど、もってのほか。恥《はじ》を知るがよい」

淡々《たんたん》と述べるバイエルン。そう。議会の場である以上、ここでは武力ではなく言論による戦いがなされるのだ。

「何を仰《おっしゃ》るか。そのような証拠《しょうこ》は何もないではないか。それに、あなたは一度、政治の場から身を引かれた。ここにいるのはおかしなこと。退出されよ」

すぐに立ち直ったハインリッヒが、白々しくもそう述べる。

「わが息子よ。そう急《せ》くでない。ここは、どちらが我らの町、レスタの政治を行うに相応《ふさわ》しいか。町の代表である皆に決めてもらおうではないか。それでも、お前が相応しいということであれば、我輩はすぐにでも、ここから立ち去ろう」

堂々と述べるバイエルン。

「ふん。かまいませぬ。それで、あなたは一度敗北された。何度同じことを繰《く》り返せば気が済むのやら……」

ハインリッヒは右手の中指で、銀縁《ぎんぶち》眼鏡をクイっと上げ、余裕《よゆう》の表情を見せる。

「では、皆の者。ただ今、貴族のお二方より、貴族としてレスタの町を治めるに相応しい方がどちらなのかを決めよとの命があった。これより、決をとりたいと思う。ハインリッヒ様が相応《ふさわ》しいと思われる方は左手を、バイエルン様が相応しいと思われる肩は右手を挙げられよ」

そうエルザの父親が述べると、その場にいる殆《ほとん》どの者が右手を挙げた。エルザの父親の人徳と丹《たん》念《ねん》な根回しによる結果であった。

「な……。ば……、馬鹿《ばか》な……」

再び絶句するハインリッヒ。

「結論は出たようだな。我が息子よ、貴様はしばらく自宅で謹慎《きんしん》しておれ。追って沙汰《さた》は下す」

新たな統治者として復権したバイエルンが衛兵に指示を出し、ハインリッヒは自宅へと連行されたのだった。

……

「さてと、マルゴとジュノよ。今回のお前たちの働きには感謝してもしきれない。本当にありがとう」

そう言うと、後ろに控《ひか》えていたマルゴとジュノにバイエルンは頭を下げる。

「いや、バイエルン様。頭を上げてください。俺たちはただ、ケイゴを助けたかっただけです。寧《むし》ろありがとうと言いたいのは、こっちのほうです」

慌《あわ》てるマルゴ。

「皆の者、こちらが今回の一件の立役者、レジスタンス蒼の団、団長のマルゴと、副団長のジュノである。我輩は、彼《かれ》らの友人への想《おも》い、真《ま》っ直《す》ぐな意志に深く感動した。蒼の団は町の自警団として、我輩が私財をなげうってでも維持《いじ》したいと思う」

出席者を見回すバイエルン。

「そして、マルゴとジュノには町議会議員の地位と発言権を与《あた》えようと思う。皆の者、異存はないな」

その日、二人の若い町議会議員と、蒼い毛皮のブレスレットが団員の証《あかし》である自警団組織が誕生した。

——後にランカスタ王国内において、武勇と名声を一身に背負うことになる蒼の団は、深い愛と友情を背景とするものであった。

k - 170

囚《とら》われの身である俺たちが、レスタの町に連行される道中のことである。

円錐形《えんすいけい》の帽子《ぼうし》で顔を隠した怪《あや》しげな男は、俺に顔を近づけゼラリオンがどうのと、よく解《わか》らないことを言ってきた。拷問官か何かだろうか。ずいぶんと背が低く、少年のような声色《こわいろ》をしている。俺はムチとペンチを持った拷問官が恐《おそ》ろしくてたまらなかった。それで一体、俺に何をするつもりでしょうか……？

『個体名：奥田圭吾《おくだけいご》は、恐怖耐性《きょうふたいせい》Ｌｖ１を取得しました』

――しかし、それは唐突《とうとつ》にやってきた。


外が騒《さわ》がしい。何事だろう。

そんなことを考えていたら、幌馬車《ほろばしゃ》の中に見知らぬ騎士《きし》風の男が一人入ってきた。

その男は、拘禁《こうきん》されている俺たちの手と足の縄《なわ》をダガーで切り落としてくれた。

どうやら、俺たちは自由の身になったらしい。騎士風の男がユリナさんに事情を説明し、ユリナさんが俺に手紙に書いて教えてくれた。

そっか。マルゴたち、本当の本当にやってくれたんだな。

俺は、目頭《めがしら》がジーンと熱くなるのを止めることができなかった。

俺たちを取り囲んでいたハインリッヒの私兵たちは解散し、各々《おのおの》散らばっていった。ゴロツキのジョニーと子分たちは、ドニーさんの荷馬車に同乗してレスタの町に帰るそうだ。俺たちに加勢してくれたジョニーに、『エギルの回復ポーション』を渡《わた》した。ジョニーはなぜか大喜びでそれを飲む。すると、ジョニーのモヒカンが復活し、子分たちがバンザイをして喜んでいた。

拷問官らしき男は騎士風の男と話をつけたのか、大人しくなった。拷問官はどうやら、このまま俺たちと一緒にレスタの町に戻るようだ。

俺は、幌馬車内を温めようと薪《まき》ストーブを点《つ》けた。そして、暖かく、いや少し暑いほど幌馬車の中の室温が上がった。すると暑くなったのか、拷問官は覆面《ふくめん》を脱いだ。

「〇××■……」

――その瞬間。バサリと綺麗《きれい》で滑《なめ》らかな、良い香《かお》りのする絹糸のような金髪《きんぱつ》が、空中を舞《ま》った。

俺は拷問官だと思っていた人物のあまりの美しさに見とれて、呆《ほう》けてしまった。

少年だと思っていた拷問官らしき人物は、金髪碧眼《へきがん》のとんでもない美少女だったのだ。

凝視《ぎょうし》する俺の視線に気が付いた美少女は、俺を訝《いぶか》しげに見返してきた。しばらく、視線が交差する二人……。

はっ！　俺は正気に戻る。

恐る恐るユリナさんを見ると、むくれていた。

――今、シャーロットちゃんを見てたでしょ！

ユリナさんは、俺が少年だと勘違いしていた拷問官らしき人物が女の子だということ。その人物が、シャーロットちゃんという名前だということも知っていたようだ。

それから俺が、ユリナさんから許しを得るまで、相当な苦労をしたことは言うまでもない。

k - 171

その後、俺たちは一路、レスタの町を目指した。

途中《とちゅう》ブルーウルフたちの助けもあり、遭遇《そうぐう》したモンスターも難なく倒すことができた。

そして、ついに俺たちはレスタの町に到着《とうちゃく》した。

「なんだか、ずいぶんと懐《なつ》かしい気持ちになるな」

思わず俺は、そう呟《つぶや》いていた。


……


俺は、馬車をマルゴの店の横に止める。ユリナさんにアッシュを抱っこしてもらい、俺たちは馬車を降りる。そして、俺はマルゴの店のドアを開けた。

チリンチリンとドアベルが鳴る。

ヤケに懐かしく感じる顔ぶれが俺たちを見て、そして目を見開いた。

「ケイゴ！　ユリナ！」

「マルゴ！　ジュノ！　サラサ！　エルザ！」

ユリナさんの腕から、アッシュが床にぴょんと飛び降りる。

アッシュはサラサに向かって、ふっとんでいった。

「アッシュ！」

サラサがアッシュを抱きしめて、号泣《ごうきゅう》していた。

俺たちは全員で抱き合って、再会を喜びあった。俺はマルゴとジュノに背中をバンバン叩《たた》かれた。

それから俺たちは、拳を打ち付けあった。


——やったな！

——ああ！


この場には、日本語もランカスタ語も不要だった。表情と仕草だけで、十分気持ちは伝わった。

ユリナさん、サラサ、エルザが泣いて泣いて、本当に困った。しかし、それよりも再会の感動や嬉《うれ》しさが遥《はる》かに上回っていた。


……

今日はマルゴの家で、朝まで宴会《えんかい》コースだよなと思っていたら、意外にもエルザの宿屋に連れて行かれた。酒場で祝杯《しゆくはい》も悪くないなと考えながら、俺たちは宿屋の酒場に入った。すると……。

俺とユリナさんは、そこに居た全員から拍手喝采《はくしゆかつさい》を浴びせかけられた。そして。

「ユリナ！」

「ママ！」

歓楽街のママがそこにいた。ユリナさんがママの大きな体に抱きつく。ママの相好《そうごう》が崩《くず》れ、目にキラリと涙《なみだ》が光る。感動の再会だった。

ユリナさんとママはずっと、何かを語り合っていた。ランカスタ語のやりとりは、やはり俺には解らなかったが、家族の愛情の温《ぬく》もりが確かにそこにはあった。

……

後から聞いた話によると、エルザの宿屋はレジスタンスのアジトになっており、拍手喝采を浴びせてきた人たちはレジスタンスのメンバーなのだそうだ。そして、組織はバイエルン様の判断で、自警団として存続させることになったらしい。

エールの入ったコップを打ち鳴らし、皆で乾杯した。エールを飲みながら聞いたところによると、マルゴが自警団の団長で、ジュノが副団長。そして、二人はバイエルン様救出の功績が認められ、町議会の議員になったそうだ。すごいじゃないか。

腕まくりをして、右腕《みぎうで》に力こぶを作るマルゴとジュノ。

わかりやすいドヤポーズだ。懐かしい気持ちが込み上げる。本当に陽気なやつらだ。

その日は久々に、マルゴやジュノと飲んで歌って騒いだ。

俺には、自分がピンチに陥《おちい》っているとき、こんなにも心配してくれる沢山《たくさん》の仲間がいる。

その事実に、俺は涙が出そうになった。でも恥《は》ずかしいから、涙はひた隠しにしたんだ。

俺は良い感じに酔《よ》いつぶれ、借りた部屋のフカフカのベッドにダイブすると、そのまま意識を手放した。

ママ2

ああ……、私の可愛いユリナ……。

あの子の境遇《きょうぐう》を思うと、私の胸は張り裂《さ》けそうだった。

そしてついに、感動の再会のときが私とユリナに訪《おとず》れた。

ハインリッヒを打倒《だとう》したのだ。

「ママ！」

「ユリナ！」

私たちはひしと抱き合った。いや、ユリナが大きな私の体にメリ込んだ、と言った方が正しいかもしれない。

「ママ！　窒息《ちっそく》しそう！」

「ああ、ごめんよユリナ。強く抱きしめすぎたね……。元気だったかい？」

「うん！　でも、ママ。ハインリッヒの私兵に捕まったときは、どうなるかと思ったわ……」


——なんだって？　ユリナに怖い思いをさせただって？


私の笑顔がピシリと固まる。

「どれ、ちょっと私の拳で、あそこにいるケイゴの骨でも折ってくるかい」

私はバキボキと指の骨を鳴らす。

「ママ！　ちょっと待って！　ケイゴは懸命に、私を傷つけないように努力をしたわ！　私には誰一人、指一本触れさせなかったもの！」

私にズリズリと引きずられながら、あわてて止めるユリナ。

「本当に本当かい？　もしまた、ユリナに怖い思いをさせるようなことがあったら、承知しないよ」

——この時ケイゴは、マルゴやジュノと談笑《だんしょう》していた。背後には、モンスターなどよりもよほど恐ろしい生物が迫っていることに、露《つゆ》ほども気がついていなかった。

第八章　失った男、見つけた男

shousyaman no isekai survival

k-172

朝ベッドの上で目覚めると、足元でアッシュが丸まっていた。やはり、俺《おれ》の足元がアッシュの定位置なのだ。

エルザの宿屋で一泊《ぱく》した俺とユリナさんは、懐《なつ》かしの我が家に戻《もど》ることにした。

サラサが俺の育てていたハーブ鶏《どり》を、知り合いの農家に預けてくれていた。俺は、そこのご主人にお礼を言い、ハーブ鶏を引き取った。

……

誰《だれ》も俺に、町に住まないか、とは言わない。

ママですら、もうハインリッヒから逃《に》げる必要がなくなったのに、ユリナさんに戻ってこいとは言わなかった。本当に俺は、人間関係に恵《めぐ》まれていると思った。

根本的な性格は変わらないものだ。やはり、今でも俺は人間が苦手だ。

東京の満員電車が苦手だ、と言えば理解してもらえるだろうか。町の温かい人は好きだが、基本的に俺は、一人でいる方が好きなんだ。そして、それを理解している知人たちは俺に対して何も言わない。

俺は最愛の妻に、ママのお店で働きたい？　と聞いた。でも、ユリナさんは首を左右に振《ふ》った。

「あなたと一緒《いっしょ》にいる時間が今は大切。お店はいずれ手伝うかもしれないけど、それは今すぐじゃないわ」

彼女《かのじょ》はそう言った。

俺としてはユリナさんが、野獣《やじゅう》どもにイヤらしい目で見られるのが本気で嫌《いや》だったので、安心した。しかし、彼女とママの関係を考えると、彼女の意思も尊重したい。本当にジレンマだ。


……

一四：○○
ようやく我が家に着いた。

ジュノとエルザが使っていてくれたため、掃除《そうじ》をする必要すらないほど綺麗《きれい》な状態だった。

小屋の維持《いじ》に関しては、流石《さすが》は宿屋を経営しているエルザだと言うべきだろう。

俺は、幌馬車《ほろばしゃ》から荷物を降ろし、小屋の中に運び込《こ》み整理をする。

道中ハプニングはあったものの、概《おおむ》ね良い新婚《しんこん》旅行だったように思う。俺は正直なところ愛する女のためにした大冒険《ぼうけん》が楽しかったんだ。

一七：〇〇
さてと、風呂《ふろ》でも沸《わ》かすか。三つあるウォーターボードつきのドラム缶《かん》のうち、水が溜《た》まっているものの一つを沸かす。

冬なだけあって日が落ちるのが早い。もう既《すで》に辺りは真っ暗だ。

燻製《くんせい》キットで、ハーブ鶏の卵とレスタで仕入れたチーズの燻製を作りながら、蒸留酒をロックでチビチビやる。何かこの落ち着いた感じが懐かしい。旅も楽しいが、安心する我が家があるというのは良いものだ。

そんなことを考えていると、門の前に一人のみすぼらしい姿をした男が現れた。

その男は、レスタの町を裸同然《はだかどうぜん》で追放された元貴族。憎《にく》いはずの敵。


——ハインリッヒだった。

k - 173

彼《かれ》に以前の貴族らしい姿は、見る影《かげ》もなかった。

ボロ布をまとい、頬《ほほ》はこけ、寒さに震《ふる》えながら、それでも気丈《きじょう》にこちらを見ている。

町を追放されたのだろう。彼の姿を見るに、とても冬に野宿できる恰好《かっこう》ではない。やむを得ず、近場の俺の家までたどり着いたのだと推察された。


――ここで俺が見放せば、ハインリッヒは確実に凍死《とうし》してしまうだろう。


ブルーウルフが近くに見えた。俺を心配して来てくれたのだろう。俺は大丈夫《だいじょうぶ》だと手で制した。

それに、アッシュが何の反応も示していない。悪意のある人間やモンスターには必ず反応するのにもかかわらず、焚《た》き火の横で安心しきって丸まって眠《ねむ》っている。

しかし、少し仕返しをしないと俺の気がすまないな。

俺はハインリッヒに背を向け、無視することにした。あー、ホカホカのスープと燻製が美味《うま》いなあ。集まってきたブルーウルフたちが、ハインリッヒを取り囲み、遠吠《とおぼ》えをあげていた。

最初は余裕《よゆう》の態度をとっていたハインリッヒが、だんだんと涙目《なみだめ》になっているのがわかる。そして、最終的には、門をガシャガシャさせて、「助けてくれ！」と叫《さけ》んでいた。

こんなもので良いだろう。なんだか、可哀想《かわいそう》になってきた。

仕返しをした俺は、ハインリッヒを門の中に招き入れた。ユリナさんは何か言いたげだったが、結局何も言わなかった。俺は寒さで弱ったハインリッヒを焚き火の切り株椅子《いす》に座らせた。

ハインリッヒは「フン」と鼻を鳴らし、ヒビの入った銀縁《ぎんぶち》眼鏡をクイっと、右手の中指で上げる。

だが、強がりなのは明白だ。

俺は、卵の燻製とスモークチーズを皿に入れ、彼に出してやった。すると、彼は目の色を変え、モグモグと泣きながらそれを食べた。また、俺とユリナさんがドラム缶風呂《ぶろ》に入った後、彼にも入るようジェスチャーで示し、冷えた体を温めてもらった。

彼が風呂に入っている間、俺は鍛冶《かじ》小屋の炉《ろ》に小さく火を入れ、布団《ふとん》を敷《し》いてあげた。

そして、風呂の横に置いた台にタオルと着替《きが》えを置くと、ハインリッヒはそっぽを向いて、小さい声で「アリガトウ」と言った。

あ、ハインリッヒがデレた。

俺はハインリッヒに鍛冶小屋で寝《ね》るように指差した。そして、彼はよほど疲《つか》れていたのだろう、すぐに眠りについたようだった。

……

俺は、人の意思の連鎖《れんさ》を信じている。良いことをすれば良いことが、悪いことをすれば悪いことが返ってくるということだ。

俺は確かに、ハインリッヒに酷《ひど》い目に遭《あ》わされたかもしれない。しかし、それで俺が彼に復讐《ふくしゅう》して何になる。ハインリッヒに近しい人から、恨《うら》まれることもあるかもしれない。

それに俺は、ハインリッヒのおかげで、ユリナさんと大冒険という名の新婚旅行が出来たと思っている。何より俺が、復讐しようなどとは全く思っていない。今にも死にそうな男を見捨てて殺すほど、俺は残酷《ざんこく》にはなれない。


——結論は出たな。


俺は、失脚《しっきゃく》した元貴族を助けることにした。

蒼《あお》の団のことを聞いているので、マルゴたちは複雑だろう。しかし、一番の犠牲者《ぎせいしゃ》である俺がそう決めたと言えば、きっと気のいいあいつらのことだ、わかってくれるだろう。

俺は、居間兼寝所《けんしんじょ》のテーブルで蒸留酒をロックにしてグラスを回しながら物思いに耽《ふけ》る。

ユリナさんは、暖炉《だんろ》の前で静かに編み物をしている。アッシュは既に夢の中だ。

この何よりも優《やさ》しく、最も大切な俺の世界。ハインリッヒを見捨てて殺すことは、それを守ることではなく、否定することになりはしないかと俺は思った。ユリナさんは、俺の優しく包んでくれるところが好きだと言ってくれた。俺も彼女に対して同じことを思っている。

そのような二人が、残酷にも弱った人間を殺せるわけがない。

許したわけではない。ただ、見捨てられないだけだ。

――つくづく俺は、お人好《ひとよ》しだな。

まあ、それで良いさ。俺はそうやって生きてきたし、今さら生き方を変えるつもりはない。ただそれだけのことさ。

k - 174

働かざる者、食うべからず。

俺は寛容《かんよう》かもしれないが、タダ飯を食わせてやるほど優しくはない。ハインリッヒには、自分が食べる分は、きっちりと仕事をしてもらう。

ハインリッヒは最初、「なぜ私が?」というリアクションをしたが、「では、出て行くか?」とジェスチャーをすると渋々《しぶしぶ》俺に従った。

まずは、簡単な作業から手伝ってもらう。ハーブ鶏と馬の世話。それから、薪割《まきわ》りと風呂を沸かすことを任せた。

ハインリッヒは何もできなかった。薪割りすら、まともにできない。腰《こし》が入ってないんだよ、腰が。自分で作業をするより、教える方が大変だった。

流石は元貴族。この男は一度、働くとはどういうことなのかを身をもって知るべきなのだ。

……

ハインリッヒは出来ないなりにも、真面目《まじめ》に頑張《がんば》った。徐々《じょじょ》に、出来ることが増えていった。燻製作り、釣《つ》り。最近では朝の鍛錬《たんれん》も一緒に行うようになった。

そう、気がつけば、俺とハインリッヒは友人関係になっていた。

……

マルゴがファイアダガーを受け取りにやって来た時は、冷や汗《あせ》ものだった。しばらく、マルゴたちとハインリッヒの睨《にら》み合いが続いた。何とか俺が中に入り、ケイゴが許すならと矛《ほこ》を収めてくれた。

結局その日は、ハインリッヒも交えて飲むことになった。ハインリッヒは暖炉の脇《わき》で一人静かに、ミランの果実酒をグラスに入れて飲んでいた。流石は元貴族、飲み方が優雅《ゆうが》だ。

その日俺は、異常繁殖《はんしょく》したジャイアントアーチン、否《いな》、巨大《きょだい》ウニを捕獲《ほかく》し、皆《みな》に絶品のウニ料理を振《ふ》る舞《ま》った。

……

また、ある時ハインリッヒから謝罪文を受け取った。俺に謝罪文を手渡《てわた》すとき、少し恥《は》ずかしそうに、目をそらしていた。この人、たまにデレるんだ。

昨日の敵は今日の友。そんなフレーズが俺の頭に浮《う》かんだ。

結局俺は、彼のことを何も解っていなかった。今も十分解っているとは言い難《がた》いが、それでも前よりは、解り合えた気がする。何もかもを失った彼は、意外と真面目で良いヤツだった。

俺も、日本で一〇億円を手にして突然《とつぜん》会社を辞《や》めたときは、同僚《どうりょう》や上司からは嫌なヤツに見えていたに違《ちが》いない。勝ち組だと思っているとか、社畜《しゃちく》社畜と見下しているとか。そう皆には思われていても仕方がないことをした。

この世界に飛ばされて、何もかもを失って。良い人々とめぐり合えて。そうして、ようやく俺は変わることができたのだと思う。

――俺にはハインリッヒのことが、決して他人事《ひとごと》とは思えなかった。

ハインリッヒ10

父に自宅謹慎《きんしん》を命じられた私は、一度脱走《だっそう》を試みたが失敗。投獄《とうごく》された後、裸同然でレスタの町を追放された。体は衰弱《すいじゃく》し、頭が殆《ほとん》ど動かない。ずいぶんと、まともな食事にありついていない。追放処分は、冬のこの時期、死ねと言われたも同然だ。武器もなければ、火を熾《おこ》す道具もない。ゴブリンにすら殺されてしまうだろう。

……


私は吹雪《ふぶき》の中、命からがらケイゴオクダの小屋にたどり着いた。フフフ。貴族である私を助けるのは、貴様の義務だ。そうであろう?

しかし、ケイゴオクダは私を無視して、一向に門の中に入れてくれない。

そうしていると、ブルーウルフがどんどん集まってきて、私を取り囲んだ。

私は本気で恐怖《きょうふ》し、無様に泣き叫んだ。

「死ぬ！　僕《ぼく》、死んじゃう！　ケイゴオクダ様！　助けて……、助けてください！」

死の恐怖を感じた私は、恥《はじ》も外聞もなく、涙と鼻水を垂れ流しながら泣き叫んだ。

するとケイゴオクダは、ヤレヤレという感じで、私を門の中へと招き入れてくれた。助かった……。

フフフ。これで、命は助かった。いずれ貴族として再び返り咲《ざ》く。今は雌伏《しふく》の時だ。

その日私は、沢山《たくさん》の美味《おい》しい食べ物を食べ、暖かい暖炉のある部屋の、暖かい布団にもぐりこむと、久ぶりに安眠《あんみん》できた。

……

ところが、私を理不尽《りふじん》が襲《おそ》った。なんと、ケイゴオクダは私に働けという。なぜだ！

私が不満の声を上げると、ケイゴオクダに小屋からつまみ出されそうになった。

くっ……、仕方ない。働いてやろうではないか！　不本意であるが、私は優秀《ゆうしゅう》なのだ。

……

あるとき、私は薪《まき》を割ることになった。こんなのは余裕……。

斧《おの》を振り上げて力を入れたその瞬間《しゅんかん》。

ギクリンコ！

腰が絶叫《ぜっきょう》を上げた。腰がー、腰がー。

私はギックリ腰になり、そのままケイゴに布団に寝かせられることとなった。

……

バキバキーン

ハインリッヒ様復活！

ケイゴオクダが飲ませてくれたエギルの回復ポーションを飲むと、腰が大復活を遂《と》げた。

それからというもの、私は風呂を沸かしたり、家畜《かちく》の世話をしたりと生きるために必死になって働いた。働いたから、食事と寝床《ねどこ》が与《あた》えられ、少ないながらも報酬《ほうしゅう》をもらえた。燻製の作り方だって覚えた。あれは最高の料理だ。

貴族だった頃《ころ》は当たり前のように出てきた食事よりも、自分たちで作る料理は何十倍も美味しく感じた。今、私は生を実感している。

またケイゴが作るウニという料理を食べた瞬間、私に雷《かみなり》が落ちた。あまりの美味しさに私は号泣《ごうきゅう》した。

この頃の私は、貴族へ復権することなど、どうでも良くなっていた。


……


そして私は、薪割りをしながら、ふと胸元《むなもと》に下げていた神ゼラリオンを象《かたど》ったペンダントを見る。

私は、ケイゴの家に来てからというもの、一度でも神に助けを乞《こ》うたか？　そもそも、あの時の欲にまみれ、ケイゴに迷惑《めいわく》をかけてしまった自分が嫌だった。その時の自分が、欲望という名の祈《いの》りを捧《ささ》げてきた神を、これ以上信仰《しんこう》するのもどうかと思えてきたのだ。

――これ以上、神ゼラリオンを信仰する必要はないな。

額の汗をタオルでぬぐった私は、首からそっとペンダントを外したのだった。

k - 175

マルゴたちとの宴会《えんかい》の翌日。

ハインリッヒは「タイラントへ行く。世話になった」と言い、俺の家を出て行った。

ハインリッヒが残した手紙には、後悔《こうかい》の念がずっと書いてあった。そして、最後に「良い友人が出来て嬉《うれ》しい。だが、これ以上迷惑をかけるわけにはいかない。新婚の夫婦《ふうふ》を邪魔《じゃま》するのも野暮《やぼ》だしな」と締《し》めくくってあった。

俺は、餞別《せんべつ》に金貨三枚と、手押《てお》しの荷車、食料、薪、ファイアダガーを渡してやった。

ハインリッヒは「フン」と鼻を鳴らし、ヒビ割れた銀縁眼鏡を右手の中指でクイっとやり、そのまま去っていったのだった。

しばらく俺は、寒空の中、彼の背中が見えなくなるまで、ずっとその場に立ち尽《つ》くしていた。

「クーン」

足元でアッシュが可愛《かわい》い鳴き声をあげた。それで俺はずいぶんと体が冷えていることに気がついた。俺はポリポリと頭をかく。

「さて、今日は何をしようかな?」

自然と俺は、アッシュに語りかけていた。

こうして、今日も俺のマイペースな一日が始まる。ユリナさんとアッシュが隣《となり》にいて、たまにレスタの町の親友が遊びに来る。そんな日常が。

「まったく人騒《ひとさわ》がせな奴《やつ》だったな」

どれだけ迷惑で嫌なヤツだと思ったとしても、情が移ったり、友人関係になったりする。本当に厄介《やっかい》な代物《しろもの》である。この気持ちをどこにもっていけば良い？


……


今日は何もする気が起きない。

たまにはそういう日もある。そんな日は何もしないに限る。

俺は暖炉で薪がパチパチと爆《は》ぜる音を聞きながら、仰向《あおむ》けにベッドにゴロンと横になる。

俺は右手を額に当てて天井《てんじょう》をボーっと見る。

ユリナさんも、俺の隣に横になる。ユリナさんが「大丈夫？」と俺を見つめてきたので、「大丈夫だよ」と微笑《ほほえ》み返す。

そして、再び天井を見ていたが、いつの間にか俺は眠りに落ちていた。


……

二〇：〇〇
目が覚めるとすっかり夜になっていた。俺は身一つでベッドに横になっていたはずなのだが、レッドグリズリーの掛《か》け布団がかけられていた。

変な時間に眠ってしまった。

俺が目を覚ますと、ユリナさんがマーブル草のハーブティーを淹《い》れてくれた。

俺はテーブルに腰掛《こしか》け、寝起《ねお》きのボーっとした頭のまま、ズズッとハーブティーを飲む。

今から眠ることなどできやしない。それなら、何か書き物でもしていた方がいいな。

ユリナさんは風呂から上がったところだったようで、髪《かみ》を乾《かわ》かすと「先に寝るね」と言って、ベッドで眠りについた。

それから俺は、一人テーブルの上に紙を広げ、ランタンの明かりで書き物をしながら、色々と考え事をすることにした。

k・176

――人は、誰もが潜在《せんざい》的絶望を抱《かか》えて生きている。

命など本当に脆《もろ》く儚《はかな》いものだ。俺は日本で既に、愛する祖父母を失った経験がある。俺は本当の絶望とは何かを知っている。

人は本当に絶望すると涙すら出ない。無になるのだと思う。心が空っぽになると言ってもいい。

俺は、ベッドで眠るユリナさんとアッシュを見つめる。俺もユリナさんもアッシュも、いつかは確実に死ぬ。この中の誰かは確実に絶望を味わうことになる。

自分の愛する人が確実に死ぬという、どうしようもない事実を認識《にんしき》している人間という知的生命体は、この世で最も悲しい生き物なのではないだろうか。


――さて、ここで問題だ。


ひとまずアッシュのことは考えないとしよう。

俺とユリナさんのどちらかが先に、病気や寿命《じゅみょう》、何らかの暴力で死ぬとしたら、どちらの方がユリナさんにとって幸せなのだろうか。

俺は、ユリナさんを幸せにすると誓《ちか》った。だから、これほど重要な問いはないと思う。

俺が先に死ぬと、ユリナさんの俺に対する愛の深さに比例して、彼女は絶望するだろう。

対して、ユリナさんが先に死ぬと、俺はもう、生きる気力を失うだろう。だが、この場合ユリナさんが絶望することはない。ただし、俺はユリナさんが先に死ぬことを全力で阻止《そし》するだろう。それは既定事項《じこう》だ。

――ここで、ある問題が浮上《ふじょう》する。

ユリナさんが先に死ねば、彼女が俺の死に絶望することはない。俺は絶望するだろうが、彼女が絶望しないのであれば、そちらの方が良いに決まっている。しかし、彼女が先に死ぬことを黙《だま》って見ていられるほど、俺は人間が出来てはいない。たとえ、それが彼女に絶望をもたらす結果になるとしても、俺は自分を犠牲《ぎせい》にしてでも彼女を生かそうとするだろう。

――やはり、人間は矛盾《むじゅん》した生き物だ。

この論理矛盾を解決する方法はおそらく、一生かけても見つけることは出来やしないだろう。

……

日をまたいだ深夜。

俺はふあと欠伸《あくび》をする。流石に眠たくなってきた。

こんな時間まで考え事をしていると、本当にロクでもない考えばかり浮かんできてしまうものである。

俺は暖炉で沸かしてあったお湯でマーブル草のハーブティーを淹れ、ズズっと飲む。それでようやく、ほっと息をつくことができる。

そして、ユリナさんの眠る暖かい布団の中に入る。俺は眠る彼女のほっぺたにキスをして目を閉じた。

ユリナさんとアッシュの寝息《ねいき》という、この世で最も安心できるＢＧＭを聴《き》きながら俺は、深い深い夢の世界へと誘《いざな》われていったのだった。

エピローグ

shousyaman no isekai survival

——親友、世界一可愛《かわい》い相棒。

俺《おれ》はこの不思議な世界で、かけがえのないモノを沢山《たくさん》見つけることが出来た。

それでも俺は、依然《いぜん》として必死さとは無縁《むえん》な人間だった。相も変わらず、レスタの町での生活を拒《こば》み続け、マイペースな日常を送っていた。

しかし、そんな俺にも転機が訪《おとず》れた。

——賽《さい》は投げられた。

彼女《かのじょ》の華奢《きゃしゃ》で綺麗《きれい》な手を握《にぎ》り締《し》め、夜の町から逃《に》げ出したあの瞬間《しゅんかん》。俺の運命は決定的に変わったのだと、今にして思う。

——貴女《あなた》が大地であるのならば、私は太陽となって大地を照らし続けよう。

ユリファの花。そしてこの世界の常套句《じょうとうく》を添《そ》えて、俺は彼女の騎士《きし》となることを誓《ちか》った。そしてその誓いは、強くなくては果たすことのできないものだった。

貴族に追われる身となった俺は、彼女との幸せ、家庭を守るため、何ものにも縛《しば》られない自由な世界を求めて、白銀の大地へと駆《か》け出した。

それは、今までの俺からすると、考えられない行為《こうい》だった。知らず知らずのうちに、俺は強くなっていった。人間は、こうも変わることができるものなのだと驚《おどろ》いた。

そして、親友たち、蒼《あお》の団の仲間、バイエルン様。沢山の人たちに俺は支えられ、助けられた。好きな人たちが沢山できた。何ならそこに、ハインリッヒを加えてやってもいい。

人間が苦手なのは、今でも変わらない。

それでも、誰《だれ》かを心から好きになることを知ってしまった俺はもう、「人間が嫌《きら》いだ」と無神経に言い放つことはできない。

――真実の愛や友情とは何か、という哲学《てつがく》的な問いがあったとしよう。

そんなことは考えるまでもないし、言葉にするまでもない。

――行動が、全《すべ》てを物語るのだから。

書き下ろし特別編

始まり、そして

shousyaman no isekai survival

ユリナの成長観察記

私の名前はジョセフィーヌ。

あまりにも名前と不釣《ふつ》り合いだと皆《みな》が言うものだから、『ママ』と呼ばせている。歓楽街《かんらくがい》で、女の子のいるお店を出しているからね。

結婚《けっこん》はしていない。ちょいとばかり私のガタイがいいからって、男がビビって近づいてこない。肝《きも》っ玉の小さいことったりゃ、ありゃしないよ。

私の両親は私が幼い頃《ころ》に流行《はや》り病《やまい》で他界。私はスラム街の孤児《こじ》として育った。

私は腕力《わんりょく》が強いこともあり、食い物にされがちな孤児の女の子たちを守った。そして、一〇代半ばですぐに、皆で誰《だれ》もが癒《い》やされるような店を作ったたってわけさ。

だから、私はスラム街で泣いている女の子を見ると、どうしても放《ほう》っておけないんだ。

……


この間、スラムでユリナという小さな女の子を拾った。

これまた、とても可愛《かわい》い。健気《けなげ》というかなんというか。

七歳《さい》のユリナは、何事にも一生懸命《いっしょうけんめい》だった。でもやっぱり、未熟でね。

ある時、背の低いユリナが台所で踏《ふ》み台を使いながら必死にお皿を洗っていると、パリン！　と音がしてお皿が割れた。

「あらあら……、ユリナ、ケガはないかい？」

「ふぇ……、エーン！」

頑張《がんば》り屋さんのユリナは、よほど悔《くや》しかったのだろう。ビィーっと泣き出した。オロオロする私や娘《むすめ》たち。

「ユリナ……、誰だって失敗はするもんさ。次、失敗しなければ大丈夫《だいじょうぶ》さね。それより手を見せてごらん。あんたの可愛い手に、傷でもつく方が問題だよ」

私は、可愛いユリナの頭をなでながらそう言った。

「グスン……。ママ……、ゴメンなさい……」

涙目《なみだめ》になりながらも、ユリナが泣き止《や》んだ。オロオロしていた娘たちもホッとしたようだった。

……


それから、私はユリナに根菜の皮むきから、洗濯《せんたく》、生活に必要なことの全《すべ》てを教えていった。そうかい、あんたはこんなことも知らずに今まで生きてきたんだね。苦労したね……。

ユリナから断片的《だんぺん》にだけど、今までのことを聞いて、私は涙が止まらなかった。

でも、大丈夫さ。ここは私の砦《とりで》。もう誰もあんたに悪意を向ける奴《やつ》なんていないから。

私は、他の娘たちにそうしたように、この子を守ることを誓《ちか》った。


……


うちの娘たちもユリナのことをまるで自分の妹のように可愛いがった。

自分たちが着られなくなった服を、ユリナにとっかえひっかえ、まるで着せ替《か》え人形を手に入れたみたいに、キャッキャしながら着せていた。

「あんたたち、ユリナは着せ替え人形じゃないよ。いい加減にしな!」

「「「はーい」」」

私がそう注意しても、生返事だ。まあ、ユリナも楽しそうにしているから、よしとするかい。

……

ある時、ユリナが。

「はい！　ママへの、お誕生日プレゼント！」

そう言って、手を絆創膏《ばんそうこう》だらけにしながらユリナが私に差し出したのは、可愛いクマさんの刺繍《ししゅう》の施《ほどこ》された帽子《ぼうし》と手袋《てぶくろ》だった。きっと、娘たちに教えてもらい一生懸命作ったのだろう。

——私は目頭《めがしら》がジーンと熱くなるのを感じた。

「そうかいそうかい、ユリナはいい子だねえ……」

嬉《うれ》し涙を目に浮《う》かべた私は、感動のあまり思わずユリナを抱《だ》きしめていた。

「ママ……、苦しい……」

私のふくよかな体にメリ込んだユリナがそう言ったのだった。

……

ある時、ユリナのプレゼントがあまりにも嬉しくて、ユリナの作ってくれた帽子をずっとかぶっていたら、戦士風の男客に似合わないと茶化された。こんな輩《やから》、当然『壁《かべ》ズン』をするしかないだろう。

――ズン！　パラパラ……。

男の頬《ほお》をかすめた私の拳《こぶし》が、壁にメリ込む。ツーっと男の顔から血が垂れ、壁の破片がパラパラと地面に落ちる。

「あん？　もう一度言ってみな。わたしの可愛いユリナが作った帽子がなんだって？」

私は壁に拳をメリ込ませながら、男に質問する。青ざめる男。そして、男は土下座して謝《あやま》った後、逃《に》げるように店を出て行った。

その後、私のかぶる可愛いクマさんの刺繍が施された帽子をいじる猛者《もさ》がいなくなったことは言うまでもない。

……

ユリナは、泥《どろ》の中に咲《さ》く赤いガーベルの花が好きだ。

この辺じゃ、ありふれた花だけど、ユリナは毎日一輪摘《つ》んでは花瓶《かびん》に生けている。

ユリナは、毎日花瓶をもってどこかへ出かけている。私は心配になって、後をついていってみた。

するとそこは、ユリナの兄、セトの眠《ねむ》る墓地だった。

小雨がポツポツと降る中、ガーベルの花を兄の墓に供えるユリナ。その表情は窺《うかが》い知れないが、きっと明るい笑顔《えがお》なんかじゃないはずだ。

そう。ユリナは毎日欠かさず、兄セトの墓にガーベルの花を供えていたのだ。

なんて、健気な子なんだい……。私は目頭が、また熱くなるのを感じた。涙もろくていけないねえ。涙をぬぐい木陰《こかげ》から出た私は、そっとユリナに近づいた。

「ユリナ……、大丈夫かい？」

私はユリナの肩越《かたご》しに声をかけた。

「ママ……」

ユリナは、どこか虚《うつ》ろな表情で私を振《ふ》り返る。そして、私にギュッと抱きついて声を上げて泣き出した。

「なんでこんないい子が、悲しい想《おも》いをしなくちゃならないのかねえ。神様はいったい何をしているんだろうねえ」

――私は大きな手で優《やさ》しくユリナの頭を撫《な》でながら、この世の理不尽《りふじん》に強い憤《いきどお》りを感じたのだった。

小さなヒーロー

レスタの町のとある場所。

セトは小さな妹であるユリナの手を引いて、暴力が吹《ふ》き荒《あ》れる家を飛び出した。

──そして、セトとユリナはスラム街の孤児となった。


……


セトは人一倍、真面目《まじめ》で責任感が強かった。

小さな女の子は、人攫《ひとさら》いたちの格好の標的だ。小さな女の子が趣味《しゅみ》の、変態貴族たちに高く売れるからだ。そんな話をスラム街の孤児仲間から聞いたセトは、どちらにせよ働くことなどできないユリナをあまり表に出さないようにしようと思った。

皆がそうするように、ゴミ山で拾ったボロ布と鉄くずで簡易小屋を作り、そこにいるようにユリナに言った。

孤児たちの収入源は主に、ゴミ山から採取される鉄くずだった。鍛冶場《かじ》にもって行けば、鍛冶職人が二束三文で買い取ってくれるからだ。セトたち孤児にとって、悪臭《あくしゅう》漂《ただよ》うゴミ山は宝の山だった。当然ながら、そんな不衛生なところで病弱なユリナを働かせることなどできなかった。

……


あるとき、セトがゴミ山で鉄くずを採取していると、邪魔《じゃま》が入った。

「おうおう！　俺《おれ》の縄張《なわば》りを荒《あら》しているのはテメーか！　さっさと出ていきやがれ！」

四人の子分を引き連れてそう言ったのは、後にマフィア『ジョニーと七人の悪魔《あくま》』の親分となる少年時代のジョニーだった。

「はっ！　五人がかりで、一人に寄ってたかりやがって、よほど腕《うで》っぷしに自信がねえんだな！　自分の縄張りだっていうのなら、力ずくで奪《うば》ってみせやがれ」

セトはジョニーを鼻で笑った。コメカミに血管が浮き出るジョニー。

「おい……、てめえら。手を出すんじゃねえぞ。おいテメエ！　一対一の勝負をしやがれ！」


……

それから、セトとジョニーはタイマン勝負をすることとなった。

「俺はセト。お前、名前は？」

「ジョニーだ。セト、覚悟《かくご》しやがれ。いくぞ！　オラアア！」

ブン！

ドカッ！　バキッ！

「グホッ！」

結果。ジョニーの拳は空《むな》しく空を切り、セトの拳や蹴《け》りがジョニーの顔やミゾオチにクリティカルヒットした。

「てめえ！　おぼえてろ～！」

そう言って、ジョニーと四人の子分は去っていった。

「ジョニーのヤツ。覚えてろって、それ弱いヤツの言い草だろ……。素直《すなお》に一緒《いっしょ》に鉄くずを採取しようって言えば、別に邪魔なんてしないのに……」

そう呆《あき》れながらも、鉄くず採取を再開するセトであった。

その後、何度も何度も、ジョニーはセトにタイマン勝負を挑《いど》んできた。

そしてその度《たび》、勝負はセトの圧勝に終わった。


……

セトは真面目に働いた。可愛い妹ユリナの華《はな》やぐ笑顔が見たい。その一心で働いた。
ユリナが誇《ほこ》れるお兄ちゃんであり続けるために、一部の子供がするような、盗《ぬす》みやスリなどには決して手を出さなかった。

——今日の収穫《しゅうかく》は銅貨三枚。上出来だ。

後々のことも考えなければいけないが、セトはルミーの果実とパン、そして飲料水を買った。路傍《ろぼう》に咲く赤いガーベルの花も摘んだ。今日はちょっとしたパーティだ。

「お兄ちゃんすごい！　美味《おい》しそう！」
「へへっ。どうだ、凄《すご》いだろ。さあ、どんどん食べろ。お前はもっと食べて、丈夫《じょうぶ》にならなきゃ駄《だ》目《め》だぞ」
「うん！　ありがとう。お兄ちゃん！」

……

しかし、そんな家族団らんのひとときも長くは続かなかった。

――ユリナが病気にかかったのだ。

「お兄ちゃん……」

横たわり、そう力なく言うユリナ。ゼーゼーとした変な呼吸音。高熱。明らかに普通《ふつう》じゃない。医者にかかる必要があるが、セトが知っている医者のキシュウはお金にシビアだ。逆に言えば、金さえあれば、スラムの孤児だろうが診《み》てくれる。

「兄ちゃんが必ずユリナを治してやるからな。ここに水を置いておくから、少しずつ飲むんだぞ。そして、安静にしてるんだ。わかったな？」

「うん。わかった……」

セトは生まれて初めて、絶対にやるまいと思っていた盗みに及《およ》んだ。民家の留守《るす》を狙《ねら》って、金貨の入った革の巾着袋《きんちゃくぶくろ》を奪ったのだ。

人様のお金に手をつけるなど、セトからすれば絶対にやりたくないことだった。しかし、妹の命と天秤《てんびん》にかけたとき、天秤がどちらに傾《かたむ》くかなど、わかりきったことだった。

……

ユリナを背負うセト。向かう先は、当時はまだ若き医師、キシュウが開いている治療院《ちりょういん》だった。

——ドンドンドン
夜闇《よやみ》の中。キシュウの治療院のドアを、小さな手で一生懸命叩《たた》くセト。

「キシュウ先生！　セトです。いるなら開けてください！　妹のユリナが病気なんです！」

しばらくすると。

キーと音がして、木製の扉《とびら》が開く。

「こんな遅《おそ》くになんだ……。ガキか。病気だと言っていたが、俺は金を持たない者を治療することはない」

そう表情を変えずに、淡々《たんたん》と告げるキシュウ。

「お金ならここに！」

スラム街の子供が持っているには、明らかにおかしな革の巾着袋。

「……」

それでもキシュウは何も言わなかった。そして、キシュウは巾着袋から金貨を一枚だけつまみ上げると……。

「金があるのなら話は別だ。もちろん、治療はしてやる。セトとユリナだったな。ユリナをベッドに寝《ね》かせろ。そして、セト。お前はそこの瓶《かめ》の水とタオルを使って、まずは自分とユリナの体を綺《き》麗《れい》にしろ。不衛生だと、治る病気も治らない」

そして、キシュウによる、ユリナの診療《しんりょう》が始まった。

……


それから、数日が経《た》ち……。

結局のところ、ユリナは風邪《かぜ》だったようだ。キシュウ特製の療養食を食べ、ポーションを飲んだユリナの病状はみるみる良くなっていった。

「キシュウ先生！　本当にありがとうございました！」

体力の落ちたユリナをおんぶしたセトは、キシュウに深々と頭を下げ、治療院を後にしたのだった。


……


「なあ、ユリナ。俺は絶対にお前を守ってみせる。そのためだったら何だってやってやる。もうちょっと大きくなったら、冒険者《ぼうけんしゃ》になって、モンスターを倒《たお》す。そうすれば、宿屋にだって住めるぞ！兄ちゃんに任せとけ！」

セトは小さなユリナの手を握《にぎ》りしめ、キラキラとした希望に満ちた目で言う。

それを眩《まぶ》しそうに見るユリナ。

「うん、お兄ちゃんが冒険者になるのなら、ユリナ、お兄ちゃんのお嫁《よめ》さんになる！」

そう、無邪気《むじゃき》に告げるユリナであった。

――ユリナにとってセトは、まさしく小さな英雄《えいゆう》だった。


……

後に大人となったユリナが恋《こい》に落ちることになる、真面目で責任感の強い黒髪《くろかみ》の男に。もしかするとユリナは、幼少期の自分にとってかけがえのない、小さな英雄の後ろ姿を見たのかもしれない。

スラムのジョニー

スラム街で生きてきた俺には、最大のライバルがいる。

それは、ルミーの果実を思わせる、オレンジ色の髪《かみ》をしたセトの野郎《やろう》だ。

鉄くず拾いのできるゴミ山の縄張り争いで、タイマン勝負をした俺は、セトにコテンパンにやられた。こんなに強いヤツは、初めてだと思った。

……

「花は……花はいりませんか……。ゲホッゴホッ……」

「あらあら、まあまあ。僕《ぼく》いくつなの？　まあ、綺麗なお花ね。おいくら？」

俺と子分たちは、鉄くず拾いを諦《あきら》め、路上で花を売る『花売りの少年』を始めることにした。

悲しさ全開で、憐《あわ》れみをたたえた瞳《ひとみ》でジッと裕福《ゆうふく》そうな大人を見つめるのが、売るためのコツだ。

体調が悪いアピールができれば、満点をあげても良いだろう。

人の善意につけ込《こ》むようで少々心が痛むが、今日を生きていくためだ。背に腹は代えられない。

売り物の花は、その辺にいくらでも生えているものだ。それでも、可哀想《かわいそう》だと思った裕福な大人が買ってくれる。

これはこれで、鉄くず拾いに負けず劣《おと》らず、商売になるかもしれない。そうだ！　他の仲間にも広めよう！

俺と子分四人は、花を摘む者と売る者に手分けして花を売り歩きつつ、知り合いの少年少女に新しい商売のことを教えていった。

――その日以降、レスタの町中では、なぜか病弱そうな少年少女が花を売っている光景が見られるようになった。

……

ある時、鉄くず拾いのゴミ山に行ってみたら、セトではない奴らが鉄くず拾いをしていた。俺は疑問に思い、セトはどうしたのかと聞いてみた。すると。

──セトは病気で死んだ。

なんだと？　俺様が全く敵《かな》わなかった相手が、病気如《ごと》きで逝《い》ってしまったと？

俺は、ふざけるなと思った。勝ち逃げしやがってと思った。

「なんだよ。死んじまったら、もう一生敵わないじゃねーか」

気がつけば、俺は悔し涙を流していた。

──この時からだったのかもしれない。

俺たちの、この鉄くず拾いや花を売らなければ生きていけない日常に、あるいは理不尽に病気で命を奪われる日常に疑問を感じ始めたのは。

アッシュの大冒険《だいぼうけん》

僕の名前はアッシュ！　ご主人さまのつけてくれた大切な名前だよ。

最近ご主人さまはユリナと『結婚』したの。

色々な言葉はね、ご主人さまやサラサ、それにブルーウルフのおじちゃんたちが教えてくれたの。

ご主人さまはユリナの前に跪《ひざまず》いて、白いお花を出して。そして、何かを言ったんだ。ユリナも何か言って。そうしたら、ユリナが泣いて、そして二人の魂《たましい》の色が綺麗に輝《かがや》きだしたんだ。

僕は嬉しくなって、お祝いの歌を歌ったの。ブルーウルフのおじちゃんたちも、一緒に歌ってくれたよ。

……

それから、僕とご主人さま、ユリナの三人は旅に出ることになったよ。ご主人さまは言った。遠く長い旅なんだって。サラサおねえちゃんとお別れなんだって。寂《さび》しいよ！

……

それでも、旅は楽しかったよ。

パッカパッカとロシナンテ（馬）もゴキゲンなんだ。

僕は馬車の上で、ご主人さまとユリナの間に挟《はさ》まれているのが好きなんだ！　ナデナデされちゃった。えへへ！


……


ある朝、大きなモンスターの気配がしたよ。僕も一緒に戦うんだ！　ユリナ放してよ！　ユリナにギュッとされていたから、僕はお布団《ふとん》の中で唸《うな》ることしかできなかったんだ。

ブルーウルフのおじちゃんが、大きなモンスター、コカトリスにやられてしまった。僕は、お墓の前で、ブルーウルフのおじちゃんに教えてもらったお歌を歌ったんだ。仲間を神樹様に送るためのお歌。

その時、生き残ったブルーウルフのおじちゃんは僕に、こう言った。

「若君。ケイゴ様は、とてもとてもお強い方。我らが主《あるじ》であったアッシュウルフ、あなたの母君と戦い、そして勝利なされた。あなたにとって、ケイゴ様は、母親の仇《かたき》になりますが、我らは誇り高きウルフ。強者には従うのが掟《おきて》です。若君、どうかご理解くださいますよう……」

「僕もね、薄々《うすうす》だけど気づいていたんだ。ママの記憶《きおく》は殆《ほとん》どないけど、それでもママがご主人さまを襲《おそ》って、ご主人さまはママを倒した。それは覚えている。僕だって、お前たちと同じウルフ。『弱肉強食』だって前にお前が言っていたじゃないか。当たり前のことだと思っているよ」

ブルーウルフのおじちゃんに、そう答えた。僕は、ブルーウルフのおじちゃんたちにとって、次の主なんだって。だから僕も、真面目な話にはそれなりの態度で応《こた》えなければいけないと思ったんだ。

僕がご主人さまをママの仇だと思うなんて、そんなことは絶対にない。

僕のママだって死力を尽《つ》くして戦って、そしてご主人さまに敗れたんだ。それは、厳しいこの世界では仕方のないこと。僕たちウルフも、日々戦いの中で生きている。今回みたいに強いモンスターに負ければ死ぬ。それだけのこと。

シカさんだって、何も僕たちの食料として生きているわけじゃない。彼《かれ》らも必死に生きていて、それを僕たちは狩《か》る。それと同じように、僕たちより強い存在が僕たちを狩って、その肉を食らう。それは、当たり前のこと。

ご主人さまは強いだけじゃなくて、何より僕たちウルフに優しくしてくれる。恩こそ感じはするけれども、ご主人さまを恨《うら》むなんて、とんでもない。

――僕はそう思ったんだ。

……


大変だ！　ユリナが病気なんだ！

ゴホゴホしてて、お布団で寝たまま起きないんだ！

どうしよう……、心配だよ！

そうだ！　前にご主人さまが病気になったときみたいに、僕のお肉を分けてあげればいいんだ！

僕は、自分のご飯のお皿をユリナのところに持って行って、ユリナにあげたんだ。

ユリナ！　これを食べて元気になって！

そうしたらユリナは、なぜか僕を抱きしめてくれた。それから僕とユリナは、一緒にご飯を食べたんだ。


……


僕たちが乗った馬車を、敵意をもった人間が取り囲んだ。気配……、魂の色が敵の色をしているから、わかったんだ。僕は、ご主人さまに注意するように言ったよ。

ご主人さまは、僕とユリナに馬車に隠《かく》れているように言って、外に戦いに出たよ。

僕も戦うんだ！　ユリナ、放してよ！

……

ジタバタしていたけど、無駄《むだ》だと悟《さと》った僕は、ユリナに抱っこされて馬車の中に一緒に隠れていた。

でも敵が馬車の中に入ってきて、ユリナを捕《つか》まえたんだ。

ユリナに乱暴をするな！

「グルルルルル」

僕は一生懸命に敵と戦ったよ、それでも、敵は強かった。僕は敵に蹴り飛ばされ、傷だらけになった。

ユリナが捕まったのを見て、ご主人さまは降参した。そして、僕たちに戦うのをやめろと、ブルーウルフのおじちゃんたちには「逃げろ」と命令した。

……

その後、捕まってしまった僕たちは何故《なぜ》だか解放されて、サラサお姉ちゃんやマルゴ、ジュノ、エルザともう一度逢《あ》うことができたんだ。

サラサおねえちゃんにまた逢えることができて僕は、凄く嬉しかったよ！

異端審問官《いたんしんもんかん》シャーロット

私はシャーロット。絶対神ゼラリオンの代行者。

レスタの町では異端審問官、そして徴税官《ちょうぜいかん》を任されている。

私は物心つく前から、教会の神父であるゴライアス様に育てられた。


……


私は教会で順調に修業を積んでいった。

異端審問技術も神父ゴライアスから学んだ。

異端審問技術は、唯一《ゆいいつ》絶対神ゼラリオン様の御心《みこころ》を軽《かろ》んずる、不埒《ふらち》な輩を改心させるための重要な神の裁き。私はそれを、神の代行者になるための修業だと信じて、一生懸命習得した。

そして私はついに、神父ゴライアスより、神ゼラリオンの代行者の権限を賜《たまわ》った。

神ゼラリオンの教えを導くため、私は今日も不埒者どもに、神の裁きを下す。納税は神ゼラリオンへ供物《くもつ》を捧《ささ》げる、神聖なる行為《こうい》。それを怠《おこた》るなど、神ゼラリオンに対する冒涜《ぼうとく》だ。

でも、何故かしら。私が神ゼラリオンの裁きという名のムチを振るうと、不埒者どもは喜んでいるように見える。みんな揃《そろ》って恍惚《こうこつ》とした表情になって、奇声《きせい》を上げる。

でも、その結果きちんと納税するから、問題ないと思っている。

そういった変な反応の諸々《もろもろ》は、きっと神ゼラリオンの全能なる力の一端《いったん》に触《ふ》れたため。そうに違《ちが》いないわ。


……


神父ゴライアスが、「沢山《たくさん》の利益を得ながら納税を怠る不埒者、ケイゴオクダに神ゼラリオンの裁きを下すよう神託《しんたく》が下った」と仰《おつしや》られた。

私は、神ゼラリオンの御心の代行者として、喜んでその任務を引き受けることにした。

ハインリッヒの手の者に捕《と》らえられたケイゴオクダは最初、強気な態度だった。でも甘《あま》いわね……。

神ゼラリオンの全能なる力の一端を知るがいいわ！

ケイゴオクダを異端審問にかけようと思っていたら、何やら外が騒《さわ》がしくなった。

え？　ハインリッヒが失脚《しつきやく》させられたから、ケイゴオクダは解放ですって？　異端審問は不要？

貴族……、レスタの統治者の変更《へんこう》くらいで、神ゼラリオンの御心が左右されるの？　その事実にちょっとした引っ掛《か》かりを覚えつつも、私はムチとペンチを収めることにした。

私はシャーロット。絶対神ゼラリオンの御心を代行する者。

とある吟遊詩人《ぎんゆうしじん》の詩

レスタの町、夜の帳《とばり》が下りた頃。
ママの店に、顔なじみの吟遊詩人がいた。
リュートを手にとり、とある有名な物語を音楽に乗せて紡《つむ》ぎだす……。

……

——竜《りゅう》と聖騎士《きし》の物語。

とある、海の見える町での出来事。
その黒髪の乙女《おとめ》は、力ある者だった。
町に押《お》し寄せる敵軍の波。騎士の姿をした乙女は、まるで、戦場に降り立ったヴァルキリーのようだった。その小さな体に皆の期待を一身に背負って、乙女は必死に戦った。

——しかし、多勢に無勢だった。

次々と倒れていく、乙女が愛した仲間たち。乙女も敵の攻撃《こうげき》を受け、瀕死《ひんし》の重傷を負う。それでも、乙女の心は折れなかった。これから蹂躙《じゅうりん》されるであろう民《たみ》のことを想い、剣《けん》を支えに必死に立ち上がろうとした。

「神よ……、我らにご加護を……」

気が付けば、乙女は自ら信じる神へと祈《いの》りを捧げていた。

――そして、その想いは、神への祈りは。上位存在たる、月と同じ色をした一体の竜の元へと届いた。

竜は、瀕死の乙女の元へ降り立つ。竜の聖なる血を飲み、『竜の牙《きば》』を与《あた》えられた乙女は竜の力を得て、敵軍を打ち倒す。町へ戻《もど》り、英雄に祭り上げられる乙女。乙女は国王よりホーリーナイト、聖騎士の称号《しょうごう》を賜る。

しかし、竜の血を飲んだ乙女は、一向に老《ふ》けなかった。麗《うるわ》しい若さを保ち続けた。神の血による神秘の力により、乙女は不老不死となってしまったのだ。年月が経つにつれ、若さを保ち続ける乙女はやがて不気味がられ、魔女《まじょ》と噂《うわさ》されるようになった。

自分が愛した民から、迫害《はくがい》を受ける乙女。

――失意の底にいる乙女の元に、再び竜が降り立ち、乙女は竜とともに天空の彼方《かなた》へと去っていったのだった。

……

詩を歌い終えた吟遊詩人は、静かにリュートを壁に立てかける。店の中は再び、ガヤガヤとした喧騒《けんそう》を取り戻す。

吟遊詩人は一人カウンターに腰《こし》かけると、蒸留酒を注文し、静かにグラスを傾けたのだった。

調停者

——我は世界の調停者。人々には神とも呼ばれる存在。

我は、この世界の小さな出来事には干渉《かんしょう》しない。そんなことをすれば、世界が狂《くる》ってしまうからである。

しかしごく稀《まれ》に、世界の依《よ》り代《しろ》となりうる、鍵《かぎ》となりうる存在が発生することがある。そういった者たちを我は観測し、あるいは力を与え、朽《く》ち果てるときはその魂を救済する。

それは全て、世界のバランスをとるため。そして、我と比肩《ひけん》しうる存在へと昇華《しょうか》させるため。

人もモンスターも自我をもつ生物は己《おのれ》の欲望のために、ひた走る。バランスを保たねば、世界は崩壊《ほうかい》の一途《いっと》を辿《たど》るであろう。

——そしてまた、神と呼ばれる存在も一枚岩ではない。様々な考えを持つ神が存在し、世界の崩壊を是《ぜ》とする者もまた、存在する。

我は、世界のバランスをとることを是とする。

それ故《ゆえ》、鍵となる存在には手を差し伸《の》べ、天秤を水平に調節する。

——何よりも、鍵となる存在は美しい魂の色をしており、我はそれが好きだ。

魂の色は、その者の人格の発露《はつろ》である。

歴史上、何よりも美しい色彩《しきさい》の魂は、必ずと言って良いほど、世界に大きな影響《えいきょう》を及ぼしてきた。

そして、たいてい鍵となる者は脆《もろ》く儚《はかな》い存在だ。

それ故、我は手を差し伸べる。バランスをとるためには、必須《ひっす》のことだからだ。

それでも、儚い存在は、脆く崩《くず》れ去ることがままある。我の連れ合いもそうであった。遠い過去の記憶ぞ。

だから、何よりも美しい魂の音色を奏《かな》でる者よ。安心して生を全《まっと》うし、そして存分に世界のバランスをとるがよい。
朽ち果てさせなど、他の誰でもない、我がさせぬのだから。
――我の名はグラシエス。世界を調停する者也《なり》。

あとがき

『商社マンの異世界サバイバル　～絶対人とはつるまねえ～』第二巻をお買い上げいただき、本当にありがとうございます。

高校生の頃《ころ》。季節は秋。私は遠い異国地であるドイツのとある町にホームステイをした経験があります。

ステイ先のご家族は、私と同い年の女の子マリナ、パティシエのお兄さん。そして優《やさ》しそうなお父様とお母様。「グーテンモルゲン！」と言って、朝の食卓《しょくたく》に交ざりました。

私は、マリナに連れられて、『ケバブー』の買い食いをしたり、デパートに買い物に行ったり、ちょっと背伸《せの》びをしてビリヤードバーに行ってみたり。お互《たが》い不慣れな英語でのコミュニケーションで、「洗濯《せんたく》がしたい」と言っても伝わらなかったり、「水をください」と言ったら炭酸水が出てきてビックリしたりと、それはカルチャーショックの連続。夢のような時間でした。

そんな夢のような時間もあっという間に過ぎていき、とうとうマリナとの別れの時はやってきました。バスの時間です。バス停で、彼女《かのじょ》は最後に私に笑顔《えがお》で「アイ・ライク・ユー」と言い、私も笑顔で「アイ・ライク・ユー」と返しました。それから、お互い少し涙《なみだ》ぐみながら握手《あくしゅ》をした後、ハグをしました。

当時、高校生だった私は、「もう二度とマリナに会えない」と思い、空港へ向かうバスの中、一人涙したことを覚えています。

北海道に戻《もど》った私は、、すぐにマリナとの文通を始めました。映画好きな彼女のために、映画館でチラシをもらって手紙に同封《どうふう》したり。大好きな日本のポップスCDを同封し、歌詞の英訳を手紙に書いたり。ドイツ語を頑張《がんば》って勉強し、ドイツ語で手紙を書いたり。その時の私は、間違《まちが》いなく彼女に恋《こい》をしていたのだと思います。

『語学を学びたいなら、異国の飲み屋で女を口説くのが一番手っ取り早い』

本作でケイゴはそのようなことを言っておりますが、それは私の実体験です。必要に駆《か》られて必死に勉強をした、英語とドイツ語。彼女のおかげで、ずいぶんと語学の成績が上がりました。

私とマリナは、お互い手紙という手段で時間を重ねましたが、結局この恋愛《れんあい》は成就《じょうじゅ》しませんでした。それから私も社会人となり、人並みに恋愛経験を積み重ね、飲み屋さんで働く女性なども見てきました。本作で登場する『ユリナ』というキャラクターはマリナそして、様々な大人の女性を見た経験から生まれたものでした。

マリナと過ごす、楽しかった非日常、カルチャーショックの連続。そんな記憶《きおく》ばかりが鮮明《せんめい》に残る、とあるドイツの町。それはまさに、私にとっての異世界でした。

最後になりますが、本書の書籍化《しょせきか》にあたり尽力《じんりょく》してくださった、川崎《かわさき》様、イラストレーターの布《ふ》施龍太《せりゅうた》様、校正者様には本当に感謝しております。ありがとうございました。また、いつも自分を支えてくれるユウノウミの皆様《みなさま》、両親に感謝を。そして、第一巻に引き続き本書を手に取ってくれた読者の皆様には、最大限の感謝を。本当にありがとうございました。

今後も、ケイゴとその仲間たちの冒険《ぼうけん》を見守って頂ければ、望外の幸せです。

遠いドイツの地で、彼女が今も変わらぬ笑顔で過ごしていることを。そして、たとえ新型コロナウイルスで世界情勢が変わってしまったとしても、再び気軽に外国への渡航、ホームステイが自由に出来るようになり、多感な子供たちが素敵な経験をできるような世の中になることを願って。

二〇二〇年七月四日

餡乃雲《あんのうん》

本書は、二〇一九年にカクヨムで実施《じっし》された「第4回カクヨムWeb小説コンテスト」で特別賞を受賞した「商社マンの異世界サバイバル　～絶対人とはつるまねえ～」を加筆修正したものです。

DRAGON NOVELS
ドラゴンノベルス

商社マンの異世界サバイバル
～絶対人とはつるまねえ～2

2020年9月5日　初版発行

著　　者　餡乃雲《あんのうん》

発行者　青柳昌行

発　　行　株式会社 KADOKAWA
〒102-8177　東京都千代田区富士見2-13-3
電話 0570-002-301（ナビダイヤル）

編　　集　ゲーム・企画書籍編集部

装　　丁　AFTERGLOW

D T P　株式会社スタジオ205

印刷所　大日本印刷株式会社

製本所　大日本印刷株式会社

DRAGON NOVELS ロゴデザイン　久留一郎デザイン室＋YAZIRI

●お問い合わせ
https://www.kadokawa.co.jp/（「お問い合わせ」へお進みください）
※内容によっては、お答えできない場合があります。
※サポートは日本国内のみとさせていただきます。
※ Japanese text only

定価（または価格）はカバーに表示してあります。

ISBN978-4-04-073704-1　C0093

DRAGON NOVELS
ドラドラしゃーぷ#にて
（ComicWalker・ニコニコ静画）
コミカライズ連載中！
極振り拒否して手探りスタート！
特化しないヒーラー、
仲間と別れて旅に出る 1~3
著：刻一 イラスト：MIYA*KI
カクヨム
書籍化作品
ゲーム仲間達と強制異世界転生させられた青年は、自分の直感を信じて、
皆とは別にひとり異世界に降り立った──。
神聖魔法を駆使する、回復能力に特化しないヒーラーの
異世界のんびり旅はじまります。
好評発売中！